Heinrich Seidel

Sonderbare Geschichten

Heinrich Seidel

Sonderbare Geschichten

ISBN/EAN: 9783741184093

Hergestellt in Europa, USA, Kanada, Australien, Japan

Cover: Foto ©Andreas Hilbeck / pixelio.de

Manufactured and distributed by brebook publishing software
(www.brebook.com)

Heinrich Seidel

Sonderbare Geschichten

GESAMMELTE SCHRIFTEN

VON

HEINRICH SEIDEL.

IX. BAND.

SONDERBARE GESCHICHTEN.

LEIPZIG 1894.
A. G. LIEBESKIND.
Anno C.

SONDERBARE GESCHICHTEN

VON

HEINRICH SEIDEL.

SECHSTES TAUSEND.

LEIPZIG 1894.
A. G. LIEBESKIND.
ANNO C.

ADOLF SLABY

UND DEN ANDERN FREUNDEN

AUS DER WEILAND

„KLAPPRIGEN LATERNE"

ZUGEEIGNET.

„Es schlagt eine Nachtigall
Am Wasserfall;
Und ein Vogel ebenfalls,
Der schreibt sich Wendehals,
Johann Jakob Wendehals;
Der thut tanzen
Bei den Pflanzen
Obbemeldten Wasserfalls —"

Möricke.

INHALT.

DER SCHWARZE SEE.

I.

Roderich Haideborn, ein junger Mann von etwa sechsundzwanzig Jahren, lebte in der guten alten Stadt Golnow ganz allein in seinem grossen Hause. Da er reich und unabhängig war, so ging die allgemeine Meinung der Stadt und der Umgegend dahin, dass er nichts Besseres thun könne, als unter den Töchtern des Landes sich ein Ehegemahl zu wählen, um das Geschlecht der Haideborne, das mit ihm auf zwei Augen stand, nicht aussterben zu lassen. Allein Herr Roderich Haideborn bekümmerte sich wenig um die Meinung seiner Mitbürger

und Nachbarn, weshalb sie ihn ein ganz
klein wenig für einen Narren hielten. Denn
so Jemand die Ansichten weiser und hoch-
ansehnlicher Personen für Nichts erachtet,
schlossen sie, müsse doch in dessen Kopfe
eine Abweichung von der gebräuchlichen
Denkart stattfinden. Und zu diesem Schlusse
fühlten sich diese guten Leute auch durch
andere absonderliche Erscheinungen be-
rechtigt. Herr Roderich Haideborn besass
nämlich eine höchst abenteuerliche und
romantische Sinnesart, und dies hatte seinen
Grund sowohl in einer Naturanlage, als in
seiner Erziehung.

Seine Eltern waren frühe gestorben,
und die Sorge für ihn war einer Schwester
seines Vaters zugefallen, die bis dahin
in einer entfernten Stadt gelebt hatte.
War nun des kleinen Roderich Gemüthsart
schon immer etwas phantastisch gewesen,
so fand diese Seite seines Charakters durch
die Tante eine ganz besondere Nahrung
und Unterstützung, und der alte Hauslehrer
hatte eine ausserordentliche Mühe zwischen

den üppigen Wunderblumen, welche die
Tante in den Geist des Knaben pflanzte,
den Futterkräutern des Wissens ein kümmer-
liches Dasein zu fristen. Diese gute Dame, die unter dem
Namen „Tante Schwarz" — wegen ihrer
schwarzen Augen und ihrer stets schwarzen
Kleidung — in der Stadt bekannt war, lebte
mit ihrem geliebten Neffen stets in einer
eigenen erträumten Welt. Es gab selbst-
geschaffene Personen mit erfundenen Namen
in dieser Phantasiewelt, von denen sie
sprachen, wie von wirklichen Menschen.
Wo sie lebten und webten, wo sie gingen
und standen, war dieser Dichtungstrieb
thätig. Sie machten viele einsame Spaziergänge in die Umgegend, die durch schöne
Wälder und viele Seen geziert war, und
fanden dort die herrlichsten Schauplätze
für ihre Geschichten. Ein Stückchen öden
sandigen Landes war ihnen die Wüste Sahara.
Sie kannten dort Urwald und Prairie, und
der See, der hinten an den Garten stiess,
bedeutete das Weltmeer. Dort fuhren sie auf

einem Kahne zu einer Insel, die einen
Büchsenschuss vom Lande entfernt lag und
so gross war, dass ein mässiges Haus
hätte gerade darauf stehen können, und
entdeckten Amerika, ein weitläuftiges und
gewaltiges Land mit vielen glänzenden
Kieseln am Ufer, die von ihnen als kostbare
Edelsteine mitgenommen wurden. Auch
viele seltsame Thiere fanden sie dort, denn
die harmlose Libelle, die über den Rohr-
halmen tanzte, ward zum Kondor, und zuweilen mussten sie vor den eingebildeten
Pfeilschüssen der Eingeborenen sehr schnell
entfliehen.

Eine Zeit lang war Robinson der Held
des Tages und auf inständiges Bitten liess
Tante Schwarz Roderich mit seinem Hünd-
chen Fedelint, der das Lama vorstellte,
einen ganzen Nachmittag allein auf der
Insel, damit er die Robinsons-Freude recht
auskosten könne. Die gute Tante sass die
ganze Zeit über verborgen in einer Laube
und wachte über das Wohlergehen ihres
Lieblings, den sie in seiner weltfernen Ein-

samkeit beobachtete. Am Abend holte sie
ihren von den Mücken ganz roth gespren-
kelten Robinson in einem Kahne, der natürlich einen nach Europa segelnder Dreimaster
vorstellte, wieder ab.

Die Spaziergänge waren voller Abenteuer. Eine harmlose Blindschleiche, die
sich durchs Gras ringelte, schwoll zur Riesen-
schlange an, eine Feldkatze war der auf
Beute lauernde Tiger, das Kornfeld ein
Wald von Bambusrohr, durch den man in
Erwartung neuer Abenteuer schritt. Jeder
Begegnende wurde bedeutungsvoll in das
phantastische Gewebe verflochten. Der
Gendarm, der die Landstrasse einherritt,
ward ein auf Abenteuer ausziehende Ritter,
der Jäger, den man durch die Buchen-
waldung dahingehen sah, ein junger Prinz,
der das verzauberte Schloss aufsuchte, und
jeder alte Bettler mindestens ein höchst
geheimnissvoller Greis, wenn nicht ein ver-
triebener König, der seinen Reichsapfel und
seine Krone in seinem Bettelsack bei sich
trug.

Am liebsten richteten sie ihre Spaziergänge nach dem sogenannten „schwarzen
See", einem harmlosen Teich im Stadtwalde,
der wegen der ihn rings umgebenden gewaltigen Eichen, die ihre Schatten über
ihn warfen, eine dunkle Farbe zur Schau
trug. An der einen Seite, wo die Bäume
nicht so dicht standen, lag die Ruine eines
alten Jagdhäuschens mit einer gewaltigen
vom Blitzschlag halb zerstörten Eiche, die
aus dem spärlichen Grün ihrer Zweige viele
kahle weissgebleichte Aeste hervorragen
liess. Hier herrschte der dämmernde Reiz
der Sage und warf auf die Natur den unheimlichen Schatten einer furchtbaren That,
die an dieser Stelle einst geschehen sein
sollte. Hier hatte, so erzählte man sich, vor
langer Zeit ein Jäger sein unschuldiges
Weib aus Eifersucht ermordet, und war
dann unter derselben Eiche vom Blitze er-
schlagen worden.

Alle Geschichten, welche die Tante hier
erzählte, hatten einen besonderen Reiz, vor-
nehmlich wenn sie sich in das Gebiet des

Unheimlichen begaben. Der dunkle glatte
See, der, wie die Leute sagten, keinen Grund
hatte, die riesigen Eichen, die im Sonnenschein so stumm und gewaltig dastanden,
die grünen Waldgründe, die tief und ge-
heimnissvoll herüberschauten, und die kaum
einmal von dem fernen Schrei eines unbekannten Vogels unterbrochene Stille des
Waldes, Alles wirkte dann so unmittelbar,
dass Roderich sich dicht an die Tante
drückte und sich kaum umzuschauen wagte,
denn hinter jedem Busch konnte nun ein
ungeahntes und grauliches Geheimniss her-
vortreten.

So lebten diese beiden Menschen ein
eigenthümliches und stilles Leben, bis zur
Zeit, da Roderich vierzehn Jahre alt geworden war, die Tante plötzlich erkrankte
und nach kurzer Zeit verstarb. Roderich
war untröstlich, besonders in den ersten
Wochen, da ihn sein Vormund zu einem
bekannten Lehrer der benachbarten Stadt,
wo er das Gymnasium besuchen sollte, in
Pension gegeben hatte. Doch die jugend-

liche Kraft des Kindergemüthes hatte bald
überwunden, besonders nachdem sich der
anfangs viel verspottete und gefoppte Träumer, der sich in realen Verhältnissen nur
sehr unbeholfen bewegte, unter dem Bei-
stand eines älteren Genossen einen mehr
schülermässigen Schliff erworben hatte. Zu
diesem seinem Mitschüler, einem gut-
müthigen etwas phlegmatischen Knaben
von fünfzehn Jahren, der nur eine Leidenschaft, nämlich eine enorme Lesewuth besass,
fasste er eine unbegrenzte Zuneigung. Dieser
blonde starkknochige Junge, Adolph Dorn
mit Namen, war von nun ab sein Vertrauter,
sein Freund, sein Berather. Sein in der
Stadt ansässiger Vater hatte eine sehr
reichhaltige Bibliothek von Dichterwerken
aller Völker. Dort hockten die beiden
Knaben stundenlang und lasen und lasen,
dass sie oft ganz dumm im Kopfe waren.
Eine Menge von deutschen, englischen
und französischen Romanen ward dort
verschlungen, und aus allen blieb Abenteuerliches in Roderichs Kopf zurück.

Die Cooperschen Erzählungen erfüllten beide mit einem überschwellenden Strom von Begeisterung. Das Indianerthum ward in der Klasse eingeführt, und es gab Keinen, der nicht seinen Kriegsnamen führte. Adolph hiess wegen seiner Körperkräfte „der grosse Büffel", während Roderich ob seiner Leicht- füssigkeit den Namen „der schwirrende Pfeil" davontrug. Die beiden Freunde ritzten sich eines Tages mit einem Feder- messer die Brust über dem Herzen, mischten ihr Blut mit einander, tauschten ihre Namen und schlossen den ewigen Waffenbund der Freundschaft.

Darnach geriethen sie über Hoffmann, dessen Schriften sie ebenfalls in der Biblio- thek fanden. „Kater Murr", „die Serapions- brüder", die „Phantasiestücke in Callots Manier", versetzten sie in eine abenteuerliche Welt. Die „Elixire des Teufels" wurden mit innerem Grauen verschlungen. Die Welt nahm nun einen geheimnissvollen Charakter an. Von jedem alten Mann, der etwas sonderbar erschien, wurde Ausser-

gewöhnliches vermuthet, und ein altes
Haus in der Schulstrasse, dessen Läden
immer geschlossen waren, und in dessen
Dachrinne das Gras wuchs, bevölkerten
sie mit wunderlichen Gestalten ihrer Ein-
bildungskraft. Das alte Obstweib an der
Ecke der Schulstrasse wurde ihnen höchst
merkwürdig, denn es hatte eine ungemeine
Aehnlichkeit mit dem bronzirten Aepfelweib
im „goldenen Topf," und es erschien Roderich damals als das höchste Glück, wie der
Student Anselmus beim Archivarius Lind-
horst alte Manuscripte zu kopiren und
hernach mit der schönen Serpentina auf
dem Rittergut in Atlantis zu leben.
   In diese Periode fiel auch die Leidenschaft, durch allerlei sonderbares Getöne
sich zu vergnügen, das sie auf einer echt
spanischen Laute, die sich Roderich zu
verschaffen gewusst hatte, hervorbrachten,
welche eigenthümlichen, oft selber kom-
ponirten, Dinge sie für Musik ausgaben. Eine
Sängerin erschien ihnen damals als eine
solche „aus Aetherduft und Mondschein

gewebte Nachtigallenbraut", dass ein irdi-
scher Mensch es wohl nimmer wagen dürfe,
sich ihr profaner Weise zu nähern.

Nach diesem geschah es, dass sie über
Heine geriethen und sich Beide verliebten.
Sie erledigten nun alle Tollheiten, die
verliebten Primanern eigen zu sein pflegen,
in überschwänglicher Weise. Nur, da
sie unterschiedliche Naturen waren, er-
eignete es sich, 'dass sich die Tollheit bei
Adolph mehr in sinniger Weise, so zu sagen
im stillen Sitzen äusserte, während sie bei
Roderich exotische Schossen trieb und sich
in wunderlichen Kapriolen des Geistes offen-
barte. Sie standen des Nachts „wie Säulen"
im Mondschein vor den Fenstern der Geliebten, und es war Beiden gemeinsam,
dass sie sich oft sehr unglücklich fühlten
und ihr Leben für vergiftet erklärten. Aber
wenn sie unglücklich waren und ihr Leid
gemeinsam in den Wald trugen, wo „die
Blumen ihre Schwestern" sie mit mitleidigen
Augen ansahen, und es so schön war, unglücklich zu sein, da streckte Adolph ge-

meiniglich seine starken Glieder in das
Gras, stillem Brüten ergeben über die
Grausamkeit der Geliebten, mit welcher er
übrigens noch nie ein Wort gesprochen
hatte, während es Roderich angemessen
erschien, in der Nähe umherzuwandeln und
wilde Reden auszustossen und sein Leid
den Bäumen zu klagen. Und auch seine
Geliebte, ein kleiner dicker Backfisch mit
blonden Haaren und Sommersprossen, hatte
keine Ahnung von seinen Schmerzen.

In dieser Zeit verfertigte Roderich eine
Anzahl von Adolph höchlich bewunderter
Gedichte und schrieb sie säuberlich in ein
Büchlein mit rothem Einband.

Unter so mannigfachen Thorheiten und
Ereignissen verlief die Zeit, und schliesslich
trennte das Schicksal die Freunde, indem
Beide auf verschiedene Universitäten gingen.

Hier war es, wo Roderich seine Tollheiten mehr in das praktische Leben über-
trug und wirkliche Abenteuer anstatt der
erdichteten, suchte. Da die Universität in
einer gebirgigen Gegend lag, und für Ro-

derich als geborenem Flachländer schon in
dem Wort Gebirge ein romantischer Reiz
lag, so ward er in der ersten Zeit nicht
müde, die Berge zu durchstreifen, immer
in der Erwartung eines Aussergewöhnlichen.
Dies trug sich jedoch sehr sparsam zu.
Allein es geschah doch zuweilen Etwas und
tröstete ihn.

Einmal verirrte er sich und musste die
Nacht unter einem vorspringenden Felsen
zubringen, nachdem er lange vergebens
nach dem fernen Lichte ausgeblickt hatte,
das bei solchen Situationen in allen
Geschichten, die er gelesen hatte, vorhanden war und gemeiniglich zu höchst
seltsamen Abenteuern führte. Die Nacht
war kalt und es kam ein Regen, der ihn
unter dem dürftigen Schutze der Felsen
nicht schlafen liess. Ein vierzehntägiger
Schnupfen war das Resultat. Er verstieg
sich einmal und rettete sich nur durch
einen kühnen Sprung; er rutschte einmal
einen Abhang hinab, und musste sehr klettern, ehe er wieder in Sicherheit kam. Das

Schönste war aber, dass er einmal eine
versprengte Schaar wirklicher Zigeuner traf.
Er dachte schon, nun fange das Glück an
ihm zu lächeln. Zwar suchte er vergebens
die junge braune Zigeunerin mit dem
schwarzen Schlangenhaar und den geschmei-
digen Gliedern, die in den Romanen
nie fehlte und dem Fremdling, während
sie Zingarella tanzte, aus den nachtschwarzen
Augen verzehrende Gluthblicke zuwarf,
allein es war doch wenigstens eine Alte da
mit einem rothen Tuch um den Kopf und
wackelndem Kinn, die ihm aus den
Linien seiner Hand unsägliches Glück pro-
phezeihte. Es waren auch braune Kinder
vorhanden, die nicht appetitlich anzusehen waren und schwarze scheue Augen
hatten, und es gab auch eine junge Mutter,
die vor ihm sitzend ihr nacktes Kind säugte,
während er mit den Männern am Feuer
lag und Wein trank, den sie für sein
Geld aus dem nächsten Dorfe geholt hatten.
Sie waren sehr lustig und sangen Zigeuner-
lieder, und dann sang Roderich ein

Studentenlied, und so abwechselnd, und
zuletzt tranken sie Brüderschaft. Dazu
loderte das Feuer, die Nacht stand schwarz
über den Bergen, und unzählige Sterne
flimmerten auf sie herab. Roderich trank
viel Wein und schlief mit sehr gesteigert
romantischen Gefühlen ein.

Dagegen waren die Empfindungen, mit
denen er am anderen Morgen aufwachte.
sehr wüster Natur, und im Kopfe sass ihm
ein unbehagliches Etwas und bohrte. Die
Zigeuner waren verschwunden, nur die
Luft zitterte noch über den heissen Aschen-
überresten des Lagerfeuers. Die Sonne
war eben aufgegangen; er wollte nach der
Uhr sehen, allein sie war nicht vorhanden,
und als er böser Ahnungen voll nach seiner
Geldbörse griff, fand er sich um eine zweite
theuer erkaufte und unangenehme Erfahrung
bereichert. Die Gefühle, mit denen er
hungrig und sehr elend nach Hause schlich,
waren dieser Situation angemessen.

Doch das ward Alles in den Wind geschlagen und war in der Erinnerung doch

schön. Er ward nun auch bekannt unter
den übrigen Studenten und trieb mit ihnen
allerlei sonderliche Dinge. Er studirte
vielerlei durcheinander, nippte von Allem
nur den Schaum und nur das Sonderbare
vermochte ihn zu fesseln. Er hatte in der
Stadt einen alten Junggesellen kennen gelernt, der in dem Giebel eines uralten ver-
räucherten Hauses lebte und in seinem
einsamen Leben allerlei abenteuerliche und
sonderbare Dinge zusammengehäuft hatte.
Alle Zimmer waren dort mit dem merk-
würdigsten Hausrath und den verrücktesten
Fratzengebilden, die je eine ausschweifende
Phantasie in Holz, Glas, Stein, Elfen-
bein oder Porzellan hervorgebracht hat,
überladen. Alte schweinslederne Bände,
angefüllt mit den Faseleien und dem Aberglauben finsterer Jahrhunderte, standen an
den Wänden auf Borten gereiht, und die
hundert Schiebefächer und Kästen enthielten
Manuscripte, Handzeichnungen, Kupferstiche, Amulete, Gemmen, Münzen und
tausend ähnliche Dinge, die in irgend einer

Weise sich durch Seltsamkeit auszeichneten.
Und es war nur diese Eigenschaft, die
den Alten bewog, dergleichen zu erwerben.
An. der Schönheit ging er ungerührt vorüber, allein eine ausgesuchte phantastisch
sonderbare Hässlichkeit musste er besitzen.
Die Leute behaupteten von ihm, er sei
nur deshalb Junggeselle geblieben, weil er
den Idealkobold seines Herzens nicht gefunden habe.
Bei diesem alten Herrn, der mit einem
gelben Schlafrock und gleichfarbigem kleinen
Gesicht ausgerüstet war, stets ein schwarzes
Käppchen auf dem kahlen Schädel trug
und über eine grosse Brille mit unheimlich
schwarzen Augen hinwegstarrte, verlebte
Roderich manche Stunde. Sie sassen und
studirten zusammen in den alten Büchern
oder Handschriften, sie ergötzten sich an
den sonderbaren Phantasiegebilden der
Kupferstiche und trieben allerlei vergessene
und längst begrabene Dinge mit einander,
die sie in den vergilbten Büchern beschrie-
ben fanden. Sie stellten sich gegenseitig
2*

ihr Horoskop und fanden, dass ihnen noch
allerlei Sonderbares bevorstehe, ja sie hätten
sogar das Goldmachen versucht, wenn das
Licht der neuen Zeit nicht zu grell in ihr
Treiben geleuchtet hätte.

Unterdessen versäumte Roderich doch
nicht, mit seinen Bekannten allerlei junge
übermüthige Tollheit zu treiben, gleichsam
als Gegengewicht zu der alten vermoderten
schweinsledernen, die oben in dem alten
Giebelhause war.

Er ward mit seinen Genossen am hellen
Tage in allerlei Verkleidungen gesehen.
Eine junge Dame ging eines Tages auf der
Promenade und rief jedem Studenten, der
ihr begegnete, ein: „Prosit, altes Haus!"
zu. Schliesslich entdeckte man Roderich
unter dieser Maske. Mitten im Winter,
da es Stein und Bein fror, und die Sper-
linge todt aus der Luft herabfielen, ward
er in blauem Frack, weisser Weste und
Nankinghosen, mit einem Strohhut auf dem
Kopfe lustwandelnd gesehen — und roch

an einem Blumenstrauss und fächelte sich
mit einem gelbseidenen Taschentuch.

Dieses waren aber nur die äusseren
Blüthen seiner Tollheit; in seinem Hirn
trieb sich Tag für Tag eine neue Schaar
abenteuerlicher Gedanken und Einbildungen
umher. Sein Geist haftete nie an den
Dingen, wie sie sich wirklich darstellten,
er nahm stets seinen Flug zu den entlegen-
sten Fernen. Er liebte es nicht, Etwas
auf geradem Wege zu erreichen und
schaffte sich nöthigenfalls künstliches Hin-
derniss und Wirrsal, das sein Element war.

Es begab sich auch einmal, dass er ins
Karzer gesteckt wurde, und ihm die Poesie
der Gefangenschaft aufging. Alle Geschichten von Gefangenen, die er je gelesen,
schwirrten durch sein Hirn und wurden
lebendig. Er erfand eine melancholische
Inschrift und gesellte sie den vielen Namen,
Wappen und gekreuzten Schlägern bei, mit
denen gelangweilte Vorgänger die Wände
reichlich geziert hatten. Am Abend des
letzten Tages fiel ihm Trenck ein, und

dessen wunderbares Entkommen durch
einen ins Mauerwerk gearbeiteten Gang.
Sofort fing er an, versuchsweise ebenfalls
zu bohren und verfertigte auch im Laufe
der halben Nacht mit seinem Taschenmesser
ein höchst anerkennenswerthes Loch in der
Wand des Karzers. Fast mit Bedauern an
seine morgige Befreiung denkend, schlief
er darnach auf seinem harten Lager ein.

Doch die Zeit verging; nach einigen
Jahren hielt Roderich seine Studien für
vollendet und empfand Sehnsucht nach
seinem väterlichen Hause.

So war er denn eines Tages wieder
in Golnow, gereift an Wunderlichkeit
und Tollheit, und sorgte vermöge dieser
Eigenschaften weidlich für die Unterhaltung
seiner Mitbürger. Er war nun vierundzwanzig Jahre alt und sah ganz stattlich
aus mit dem dunklen etwas wild gelockten
Haar und dem vollen Bart, der sein Gesicht
umgab, so dass manchem Mädchen das
Herz pochte, wenn er sie mit den grossen
dunklen Augen anblickte. Er kümmerte

sich aber nicht viel darum, denn er hatte
zuviel mit seinem Hause zu thun. Da
waren viele Einrichtungen, die ihm nicht
gefielen, denn sie trugen nur den Charakter
einfacher bürgerlicher Behaglichkeit, und
befriedigten seinen Sinn nur mässig. Er
war reich und Herr seines Vermögens;
nun wollte er Alles so einrichten, wie
er es sich in einsamen Stunden erträumt
und erdacht hatte. Eines Tages reiste
er in die Residenz, und bald nach seiner
Rückkehr kamen grosse Wagen gefahren,
Kisten wurden vor seinem Hause ab-
geladen, Sendung kam auf Sendung, und
man sah Roderich nur noch zwischen Haufen von Stroh und Heu aus aufgeschlagenen
Kisten mit seinem Diener Dinge auf Dinge
herausnehmen, dergleichen in Golnow noch
nie gesehen waren.

Da waren sonderliche chinesische Vasen,
Fächer und Sonnenschirme, abenteuerliches
Porzellanvolk mit Schlitzaugen und spitzen
Hüten, Pagoden mit wackelnden Köpfen,
bunte Vorhänge und schimmernde Decken,

— niegesehen und fremdartig. Seltsame
Waffen kamen zum Vorschein, Kriegskculen
und Tomahawks, indianische Federkronen,
Boomarangs, Pfeile und Bogen. Dann gab
es in einer Kiste vielfaches gläsernes Trink-
geschirr, gebauchtes und spitzkelchiges, alte
Glaspokale mit grellbuntem Bilderwerk und
alterthümliche grüne Römer, Tummler, die
sich selber aufrichteten, wenn man sie nie-
derlegte und dergleichen mittelalterliches
Trinkgeräth.

Kupferstiche und alte Holzschnitte,
Schnitzwerk und Bilderwerk, Alles kam
aus den Kisten hervor und über Alles war
der Hauch der Seltsamkeit ausgebreitet.

Auch was die Möbelwagen brachten,
liess die Golnower erstaunen. Für dergleichen altmodisches Zeug hätten sie keinen
Pfennig gegeben, meinten sie. Und sie
flüsterten sich fabelhafte Preise ins Ohr
und zuckten die Achseln. Da war Manches
wurmzerfressen und wacklig und sah ge-
bräunt und vergessen aus. Stühle und
Tische brachte man ins Haus von alten

verschollenen Formen, Schränke mit wun-
derlichem Schnitzwerk und gealterter Ver-
goldung. Die Golnower Strassenjungen
kamen gar nicht aus dem Gaffen und
Staunen heraus. Einem derselben schenkte
Roderich einen Indianerpfeil mit bunten
Federn und machte ihn dadurch zu einem
der glücklichsten Sterblichen. Der Junge
verehrte ihn wie ein Heiligthum, gab ihn
nie aus der Hand und gestattete Besichtigung nur aus respektvoller Entfernung.
So ward allmählich das Haus eingerichtet und nahm zu an Wunderlichkeit, bis
es fast so bunt darin aussah, wie in dem
Gehirne seines Bewohners. Er hatte sich
einen Maler aus der Residenz kommen
lassen, der ihm ein Zimmer nach dem
Garten hinaus, das er zu seinem Aller-
heiligsten bestimmt hatte, ausschmücken
sollte. Dort entstand nun an den Wänden
ein buntes Rankenwerk von Arabesken,
und was nur je an phantastischem Gethier
und an märchenhafter Menschengestaltung
sich auf goldenem Grunde durch Ranken-

werk geringelt, sich in Blumenkelchen ge-
wiegt, hinter Blättern hervorgegrinst hatte,
das lebte und webte dort in tausendfacher
Gestalt, in wunderlich launenhaftem Spiel.
In diesem Raum war mit grosser Sorgfalt
unter Hülfe des Malers, dem Roderichs
abenteuerliches Wesen gefiel, ein phantasti-
sches Ganzes zu Stande gebracht, und die
äussere Ausschmückung der Wände mit
den Geräthen, die hier alle von aus-
gesuchter Seltsamkeit waren, und allen
Dingen in eine solche Harmonie gesetzt,
dass es wirklich in seiner Art vortrefflich
war. Entsprechend gefärbte Vorhänge an
den Fenstern waren so eingerichtet, dass
sich jede Art der Beleuchtung erzielen
liess, vom träumerischen Dämmern bis
zum hellsten Licht.

Darnach legte er sich auf die Garten-
kunst und war bemüht, den ohnehin schon
sehr vernachlässigten Garten in kürzester
Zeit in eine Wildniss zu verwandeln.
Auch diese Bemühung war von Erfolg
gekrönt.

Unter diesen Bestrebungen war ein Jahr vergangen. Es konnte nicht fehlen, dass Roderich mit den Golnowern in mannigfache Berührung kam. In der ersten Zeit waren seine Sonderbarkeiten das tägliche Gespräch; dann gewöhnte man sich daran und schliesslich nahm man sie als Etwas hin, das da war, und nur Fremden gegenüber blieb es ein beliebtes Thema, denn man betrachtete Roderich als eine Stadtmerkwürdigkeit, auf die ein richtiger Bürger bekanntlich so stolz ist, als sei diese sein eigenes besonderes Verdienst.

Mit einigen Familien hielt er auch eine Art von Umgang, insofern er in kometenartig launenhafter Weise durch ihre Kreise schweifte, niemals bei einer Einladung zuverlässig zu erwarten war, und gemeiniglich irgend eine absonderliche Thorheit beging, die ihm jedoch meistens in Anbetracht seines liebenswürdigen Vermögens mildiglich verziehen ward. So konnte es denn auch nicht fehlen, dass Schmeichelei und die Duldung, mit der man ihm begegnete, seine Launen

zu einer imponirenden Grösse heran-
fütterten. In seinem Hause, das er nun
zu einem buntscheckigen Museum der
Abenteuerlichkeit vollständig umgewandelt
hatte, gab es noch eine Zeit lang zu rücken
und zu ändern, allein bei der ausserordent-
lichen Rührigkeit und Energie, mit der
Roderich Alles betrieb, erreichte auch das
bald seine Endschaft. Es steckte überhaupt eine solche Summe von Thatkraft in
ihm, dass es bedauerlich zu sehen war,
wie sie so in Seifenblasen und Schnarrwerk
verpufft ward.

Nach der Fertigstellung aller dieser Arbeiten kam eine Leere über ihn, und es
wollte ihm in seinem Hause gar nicht so
behagen, wie er sich anfangs vorgestellt
hatte. Es sah ihn doch Alles so fremd an
und war ihm nicht behaglich, denn die
Erinnerung hing nicht an diesen Dingen.
Der Hauptgrund war aber wohl der, dass
nichts mehr daran zu thun war. Er fing
nun an, mehr in Gesellschaften zu gehen
und veranstaltete zur Einweihung seiner

neuen Hauseinrichtung ein grossartiges
Maskenfest mit Wasserkorso und Feuer-
werk, von dem man heute noch in
Golnow zu erzählen weiss. Endlich fing er
an, sich zu langweilen und sprach im Kreise
der jungen Leute viel von dem stagniren-
den Leben in kleinen Städten, von ein-
geengten Strömen, von den Schranken des
bürgerlichen Lebens, von Philisterthum und
verrotteten Ansichten. Schliesslich behauptete er dann regelmässig, er würde alle
Annehmlichkeiten von ganz Golnow dahin-
geben für ein einziges richtiges Abenteuer.
So lebte er eine Zeit lang, las viel in seinen
Büchern, lag in seiner Hängematte in dem
verwilderten Garten, fuhr auf dem See,
ritt auf seinem Schecken spazieren — änderte und rückte an allen Dingen, die um
ihn waren, allein es half nichts, die Lange-
weile war und blieb vorhanden. Zuletzt
entschloss er sich, um diesem Dämon zu
entgehen, eine Reise zu unternehmen, und
fing an die nothwendigen Vorbereitungen
zu treffen.

II.

So standen die Sachen, als ihm eines
Tages von einem unbekannten fremdartig
aussehenden Menschen in geheimnissvoller
Weise ein Brief in die Hand gesteckt ward,
der folgendermassen lautete:

Im Namen des Bundes!

Die heilige Sache bedarf der Männer!
Ihr seid ein Mann!

Wollet Ihr es beweisen, so findet Euch
in der Nacht zum ersten August um 12 Uhr
bei der alten Eiche am schwarzen See ein.
Dort wird eine Zusammenkunft der Blauen
und Braunen stattfinden, und Ihr werdet
in das grosse Geheimniss eingeweiht
werden.

Unserer Feinde sind viele, und sie schlei-
chen im Dunkeln. Darum seid bewaffnet
und auf Eurer Hut. Eurer Ehrenhaftigkeit
vertrauen wir.

Solltet Ihr dennoch nach Verrath trach-

ten, so wird die Hand des Rächers Euch
zu finden wissen!

Gegeben um Mitternacht.

Der Bund der Blauen und Braunen.

Das war endlich ein Abenteuer. Bei
Roderich stand es fest, dass er dort hin
müsse, koste es was es wolle. Es war am
30. Juli Abends, als er den Brief erhielt, und
er schlief die ganze Nacht nicht im Grübeln
über diese Angelegenheit. Es war damals
eine Zeit, wo viele dunkle Gerüchte über
geheime politische Gesellschaften bestanden
und eine gewisse Gährung durch die Welt
ging. Golnow war in seiner abgeschiede-
nen Lage weniger davon berührt gewesen,
doch nun schien es ja anders zu werden.

Mit dem Grauen des Morgens erhob
sich Roderich von seinem Lager und be-
sichtigte seine Waffensammlung, um Pas-
sendes auszuwählen. Er entschied sich nach
langem Suchen für ein italienisches Stilett
mit eingelegter Arbeit am Griff und für
ein kurzes karabinerartiges Gewehr, das

er unter seiner Kleidung verbergen konnte.
Er brachte den Vormittag damit zu, diese
etwas vernachlässigten Dinge in Stand zu
setzen und im Garten das Gewehr zu pro-
biren. Den Dolch schliff er, bis seine
Spitze haarscharf war, und wie ein Edel-
stein funkelte.

Der Nachmittag ward in gewaltiger
Unruhe verbracht. Endlich ging auch der
vorüber und die Sonne legte sich nach dem
schwülen Tage in einem flammenden Gebirge von Wolken zur Ruhe.

Als es ganz dunkel geworden war, nahm
Roderich seine Waffen, ging an den See
hinab und setzte sich in sein kleines Boot.
Dann ruderte er quer über den See nach
dem Punkte hin, wo der Wald bis an das
Ufer heranging. Es war eine ganz stille
und schwüle Luft, der Himmel war mit
einem dichten Gewebe von Wolken bedeckt,
nirgends blickte ein Stern hervor. Im
Westen träumte noch in langem Streif am
Horizont ein mattes Roth, der Wieder-
schein eines Tages ferner Länder. Ueber

dem Wasser herrschte ein ungewisses und
einförmiges Dunkel, so dass es Roderich oft
schien, wenn er mit Rudern anhielt und nach
der Richtung spähte, als schwebe er mitten
in einem unbegrenzten dunklen Raum,
über sich und unter sich das unendliche
Nichts.

Dann blickte er zurück nach den ruhigen
Lichtern der Stadt und richtete den Lauf
seines Kahnes darnach. Endlich sah er
das schwarze Ragen des Waldes gegen das
ungewisse Grau des Himmels hervorgehen,
und dann stiess sein Fahrzeug scharrend
auf den Ufersand. Er gebrauchte einige
Zeit, um sich über den Punkt seiner Lan-
dung zu orientiren; dann schlug er den
wohlbekannten Waldweg ein, der unmittelbar zum schwarzen See führte.

Ihm waren die Wälder seiner Heimath
zu wohl bekannt, sonst hätte er bei dem
undurchdringlichen Dunkel, das unter den
ragenden Bäumen herrschte, sich gar
leicht verirren können. Er war in einer
ungewöhnlichen Aufregung und achtete mit

gespannten Sinnen auf die unbekannten
Laute, die sich aus dem allgemeinen
Schweigen hervorthaten. Dann stand er
von Zeit zu Zeit und lauschte in die Ferne
hinaus, und wenn er dann weiter schritt,
war nur das Tönen seiner eigenen Schritte
vernehmlich, und das Rascheln des Laubes,
das sein Fuss berührte.

Horch, was war das? der Ton, der so
feierlich von ferne herüberkam? Roderich
athmete gleich wieder beruhigt auf; er hörte
die Thurmuhr in der Stadt, und es schlug
eilf.

Nach einiger Zeit sah er vor sich eine
etwas hellere Schattirung des Dunkels zwischen den Bäumen stehen und er wusste,
dass er an seinem Ziele angelangt war.
Das Wasser lag mit den verschwommenen
Grenzen der Dunkelheit vor ihm, und
ringsum sah er den schwarzen feierlichen
Kreis der Waldbäume sich gegen den
helleren Himmel abheben. Unterdessen
war der Mond aufgegangen und säumte
die schweren Wolken, die ihn verbargen,

mit mattschimmernden Rändern. Roderich
hatte schon auf dem Wege sein Gewehr
hervorgenommen und sich durch einen
Griff nach seinem Stilett von dessen Zu-
gänglichkeit überzeugt. Jetzt spannte er
den Hahn des Karabiners und spähend und
vorsichtigen Schrittes näherte er sich, am
Rande des Wassers hin gehend, der alten
Eiche. Es war Alles todtenstill dort. Nur
einmal erschreckten ihn zwei wilde En-
ten, die plötzlich schnatternd aus dem
Wasser aufflogen und mit sausendem
Flügelschlag über den See gingen. Er
hörte sie klatschend wieder auf das Wasser
fallen, und dann war Alles wieder wie
zuvor.

Er hatte nun die Eiche erreicht. Sie
stand in dunkler Mächtigkeit vor ihm; die
abgestorbenen weissgebleichten Aeste rag-
ten aus dem Laubwerk hervor und leuchteten in mattem Schimmer. Daneben
starrten ihm die schwarzen fensterlosen
Augenhöhlen der Ruine gespenstig entgegen.

3*

Die Dunkelheit hatte sich durch das
Aufgehen des Mondes um ein Geringes
vermindert, und Roderich stand nun eine
Weile in spähendem Horchen. Doch es
war nichts weiter umher, als das Schweigen
der Nacht. Dann trat er in die Höhlung
der Eiche und harrte der Dinge, die da
kommen sollten.

Und als er nun hier regungslos stand
und lauschte, kamen allmählich die Stimmen
der Nacht an sein Ohr. Da war zuweilen
ein Rieseln in dem Laub der Bäume, oder
es arbeitete etwas mit leisem Rascheln
durch die welken Blätter am Boden, oder
es kam aus dem Walde hin und wieder ein
Tönen, ein fernes Rufen oder Kreischen,
oder sonst etwas, das unbekannt war. Dann
lenkte sein Blick sich auf den See, über
dem ein ungewisser Nebelduft lag, denn
ein Wispern ging zuweilen durch die Rohr-
halme, oder es gab hier und dort ein leises
springendes Plätschern. Einmal kam auch
eine Nachtschwalbe geschossen, schwankte
taumelnden geräuschlosen Fluges um die

Eiche und flog dann gegen den Waldrand,
wo das Dunkel sie wieder aufnahm.

Dann war ihm einmal, als höre er leise
vorsichtige Schritte im Walde, er horchte
gespannt, allein es verlor sich wieder, und
dann war es wieder so still, dass nur das
einförmige Sieden der Einsamkeit in seinem
Ohr war, und er fühlte, wie er mit dem
aufgeregten Pochen seines Herzens so allein
stand in der grossen Oede der Dunkelheit.

Unterdess ward es wieder finsterer, denn
das Gewölk des Himmels ballte sich immer
schwerer zusammen, und über den Bäumen
ihm gegenüber zuckte zuweilen der Wieder-
schein ferner Blitze, wie Traumgedanken
der schlafenden Natur.

Die Zeit schlich über den Zeitraum
dieser Stunde dahin, wie eine Schnecke
über einen Waldweg.

Die dunklen unbekannten Gegenstände,
die unbeweglich mit ungewissen Um-
rissen umherstanden, schienen Roderich
zuweilen zu wachsen und eine andere Form
anzunehmen, er sah allerlei Gebilde in

ihnen, die nur bei schärferer Betrachtung
sich wieder in die Umrisse eines Busches
oder Baumstumpfes auflösten.

Doch horch! — was war das? Vom
Walde her kamen leise Schritte, und zuweilen raschelte es im Laub oder knickte
ein trocknes Zweiglein. Dann stand es
wieder und schien zu lauschen. Jetzt war
es wieder da und kam auf den See zu,
man hörte, wie es das trockne Gras am
Ufer streifte. Nun plätscherte das Wasser
ein Weniges, und plötzlich fuhr Roderich
zusammen, denn er sah gegen das hellere
Wasser eine dunkle Gestalt am Seeufer
stehen. Er fasste krampfhaft sein Gewehr;
da wendete sich die Gestalt und trat etwas
weiter vor. Plötzlich liess er beruhigt die
Büchse wieder sinken, denn er sah, es war
nur ein Rehbock. Jetzt sicherte das Thier
noch einmal mit erhobenem Kopfe und
beugte sich dann ruhig zum Aesen nieder.
In Roderich erwachte plötzlich die Jagd-
lust. Er erhob das Gewehr und zielte; der
Bock stand gerade schussgerecht, die heller

werdenden Blitze liessen ihn ganz deutlich
erkennen. Allein sofort fiel ihm auch ein,
weshalb er hier war, und zögernd setzte er
das Gewehr ab. Da kamen plötzlich wieder
die fernen Töne der Thurmuhr herüber-
geschwommen, es schlug Zwölf. „Endlich!"
dachte Roderich, und zugleich schnürte
sich sein Herz zusammen vor Erwartung.
Er zählte unwillkürlich die langsamen
Schläge der Glocke, und kaum war der
letzte verhallt, so rollte murrend und langsam der erste leise Donner hinterdrein und
schien sich grollend hinter fernen Wolken
zu verkriechen. Und kaum war es wieder
still geworden, da kam aus der Gegend des
Waldes plötzlich ein Blitz und ein scharfer
Knall, — der Rehbock schnellte hoch in
die Luft und stürzte dann klatschend in
das seichte Wasser, wo er regungslos liegen
blieb.

Roderich war bei dem unerwarteten
Knall zusammengefahren, allein er behielt
seine Geistesgegenwart, fasste sein Gewehr
und stand mit stürmisch klopfendem Herzen

da, harrend der weiteren Entwicklung der
Dinge. Zuerst blieb Alles still, nur die
fliehenden Flügelschläge eines durch den
Schuss aufgeschreckten Vogels waren vernehmlich. Dann kamen vorsichtige Schritte
von der Seite, wo der Schuss gefallen war,
und — horch! noch vorsichtigere von der
entgegengesetzten Seite, und dann kam
wieder ein Donner, der lauter als der vor-
hergehende zwischen den Wolken einher-
polterte und ein langes Gemurmel hinter
sich her hatte. Als der verstummt war,
sah Roderich einen Mann aus dem Dunkel
hervortauchen, der sich über den Rehbock
beugte, ihn aus dem seichten Wasser
hervorschleifte und sich dann mit ihm zu
thun machte. Er hörte jetzt wieder von
zwei Seiten vorsichtige Schritte, die offenbar sich der Richtung näherten, wo der
Mann mit dem Rehbock beschäftigt war.
Jener war, wie Roderich bei dem hellen
Schein der häufigen Blitze sehr deutlich
bemerken konnte, eifrig dabei, das erlegte
Wild auszuweiden. Plötzlich brach knisternd

ein Zweig unter dem Fuss des einen der
Nahenden und bei dem Leuchten des nächsten Blitzes sah Roderich den Mann hoch
aufgerichtet stehen und nach dem Walde
hinauslauschen. Kaum hatte er dies bemerkt, so hörte er die Nahenden von beiden
Seiten rasch vorspringen, und eine rauhe
Stimme rief: „Steh! oder wir schiessen Dich
nieder!"

Der Angerufene antwortete nicht, man
hörte einen Sprung und rasche Schritte
durch das hohe Ufergras, dann blitzten und
knallten vier Schüsse hintereinander, man
hörte den Mann laut und höhnisch auf-
lachen, und dann mit der grössten Schnelligkeit durch das Gesträuch brechend entfliehen. Der vierte Schuss war aus Roderichs
Gewehr gefallen, er hatte in der Aufregung,
und als er sich vorbeugte, um den Verlauf
der Dinge zu beobachten, den Stecher
unvorsichtig berührt.

Jetzt rief die rauhe Stimme wieder:
„Zum Teufel, der ist uns entgangen, aber

hier ist noch einer, der Strauchdieb hat
auch geschossen!"

„Er sitzt in der hohlen Eiche, ich habe
den Schuss blitzen sehen!" sagte eine andere Stimme, den wollen wir schon
fassen!"

Ein neuer Blitz zeigte Roderich zwei
Männer, welche in einiger Entfernung von
der Eiche vor ihm standen und ihre Büch-
sen auf ihn gerichtet hielten.

„Steh' Kerl!" rief nun der Erste, „oder
unsre Doppelbüchsen sprechen ein Wort
mit Dir!"

„Den Schuft können wir gleich nieder-
schiessen!" sprach der Andere dazwischen,
er hat sich zur Wehr gesetzt!"

Roderich hatte seine Geistesgegenwart
wiedergewonnen: „Ihr Männer vom Bunde,"
sprach er, indem er hervortrat, „was drohet
Ihr mir, da Ihr mich doch selber zu Eurer
Zusammenkunft eingeladen habt, ich habe
keine Gemeinschaft mit Jenem, der soeben
entflohen ist."

„Meint Er denn, dass wir ihm seinen

Unsinn glauben?" sagte der eine der Männer,
und mit einem gewandten Griff hatte er
ihm beide Hände auf den Rücken geholt
und fing an, ihn säuberlich und kunstgerecht zu binden.

„Meine Herren, ich protestire gegen
diese Behandlung! Haben Sie mich darum
herausgelockt, habe ich darum Ihnen ver-
traut, dass Sie mich in dieser Weise be-
handeln? Was haben Sie mit mir vor?"

„Wirst Du schon sehen, mein Schatz!"
war die Antwort, „und nun vorwärts und
keine Sperenzen gemacht!"

Diese Aufforderung war von einem er-
munternden Kolbenstoss begleitet, und
Roderich sah nun wohl ein, dass Sträuben
hier nicht half und er am klügsten that,
sich ohne Weigerung in sein Schicksal zu
fügen. Er liess sich demgemäss ohne
Widerstand von den beiden Männern fort-
führen.

Unterdess war das Gewitter mit Macht
heraufgekommen, die Blitze zuckten in
kurzen Zwischenräumen und liessen das

Ragen der Baumstämme und das Gefüge und Geglieder ihrer Aeste für einen Augenblick erkennen, so dass das Dunkel, welches sie gleich wieder aufnahm, um so schwärzer erschien. Das Brausen des Windes schauerte in kurzen Stössen durch die Wipfel und brachte bald schwere klatschende Tropfen, welche sich immer vermehrten, und über Allem war das Knattern und Rollen des Donners, der bald in schweren unbeholfenen Stössen über sie hinging, bald in fernen Wolken grollend rumorte.

Die Männer waren still geworden und eilten unter Dach zu kommen; nur zuweilen trieb der eine Roderich mit rauhen Worten zu grösserer Eile an. Nun ward das Zucken der Blitze immer blendender, und die Drei standen oft unwillkürlich still, wenn nach dem grellen Lichte ihnen plötzlich die undurchdringliche Finsterniss entgegenstarrte. Immer schneller folgte das knatternde Krachen, und mit einem Male geschah eine blendende Helle und ein scharfer schmetternder Schlag, und dann war es

ganz still, nur das unsägliche Strömen des
Regens war vernehmlich. Darnach kamen
noch einige schwächere Schläge, allein die
Macht des Unwetters war gebrochen; nur
der Regen stürzte unaufhaltsam herab.
Roderich war in dieser Zeit von den
schwärzesten Gedanken heimgesucht. Wer
waren diese Männer, die ihn in so rauher
Weise mit sich fortführten? Wie in der
aufgeregten Natur die Blitze, so kreuzten
sich in seinem Hirne die Gedanken. War
die ganze Geschichte von der Zusammenkunft der Blauen und Braunen nur eine
Falle gewesen, um ihn hinaus zu locken
und sich seiner zu bemächtigen? Was war
der Zweck seiner Gefangennehmung? Und
nun kreuzte sich Alles, was er je Aehnliches
gelesen oder gehört, in buntem Wirbel in
seinem Gehirn: geheime Gesellschaften —
Inquisition — Indianergeschichten — ita-
lienische Räuber — Gift, Dolch, Mord und
Todtschlag — Lösegeld! — Hier durch-
zuckte es ihn wie ein jäher Blitz: Lösegeld —
das war es! Er war sehr wohlhabend und

galt für reich. Die schönste Räuberbande
stand in seiner Phantasie sofort fertig da.
Zwar war dergleichen in der Golnower
Gegend nie erhört worden, und seit Jahren
war ausser einigen harmlosen Diebstählen
nichts dem Aehnliches vorgekommen —
aber Alles das konnte ja anders werden.
Er begann in der Geschwindigkeit zu ver-
anschlagen, wie viel die Räuber wohl fordern
würden, und überlegte sogar die Mittel,
wie das Geld zu beschaffen sei. Dann fiel
ihm ein, wohin sie ihn wohl bringen würden.
Es musste mindestens eine unterirdische
Höhle sein mit geheimnissvollem Eingang,
etwa das Kellergewölbe einer alten Ruine,
oder ein künstlich gegrabenes verstecktes
Hohl in einem Berge.

Deshalb war er sehr erstaunt, als die
beiden Männer aus dem Walde mit ihm
auf einen freien Platz traten, und er ein
wohlbekanntes Försterhaus vor sich liegen
sah. Der Regen hatte aufgehört, die Wolken
hatten sich verzogen und den Mond freigegeben, der mit lieblichem Schein auf dem

vom Regen glänzenden Dach des Hauses
lag und in die dunklen Baumschatten der
Linden schimmernde Lichter säumte. Hunde
kamen jetzt bellend gesprungen, und auf
das Klopfen der beiden Männer nahten
nach einiger Zeit schlürfende Schritte, und
die Thür ward von einem alten weissköpfigen
Mann, der eine Art Diener zu sein schien,
geöffnet.

„Den Einen haben wir," sagte der Eine
der Jäger, „den Spitzbuben, er hat auf uns
geschossen!"

„Wir wollen ihn in die vergitterte Kam-
mer sperren," sagte der alte Mann, „dort
bricht er gewiss nicht aus, und ausserdem
lassen wir Pluto vor der Thür liegen, der
ist wachsam. Komm, Pluto! komm, mein
Hund!" rief er, und ein grosser schwarzer
Hund, der in der Nähe stand und Roderich
mit misstrauischen Blicken betrachtete, kam
näher und liess ein dumpfes grollendes
Knurren hören.

Roderich war nun Alles klar. Man hielt
ihn für einen Wilddieb. Er nannte seinen

Namen und verlangte den Förster zu sprechen, der ihm persönlich bekannt war.
Anfangs ward ihm natürlich nicht geglaubt,
aber schliesslich setzte er doch durch, dass
einer der Jäger abgeschickt wurde, um den
Förster zu wecken und ihm den Vorfall
mitzutheilen. Dieser trat dem Abgesendeten
schon angekleidet entgegen, denn von dem
Lärm war er erwacht und hatte den letzten
Theil des Wortwechsels mit angehört. Nun
änderte sich Alles. Roderich ward auf
Befehl des Försters freigegeben und zugleich
eine Magd geweckt, die ihm in einem
der oberen Zimmer ein Bett bereitete. Mit
kurzen Worten erzählte er jetzt, wie er in
diese Lage gekommen sei, freilich unter
verwundertem Kopfschütteln des Försters,
der von Roderichs Sonderbarkeiten zwar
schon gehört hatte, zum ersten Male aber
ein so vorzüglich ausgewachsenes Exemplar
dieser vor Augen sah. Dann war das
Bett bereitet, die beiden Männer wünschten
sich eine gute Nacht, und Roderich stieg,
geführt von dem alten Diener, der kopf-

schüttelnd die Wendung der Dinge beobachtet hatte, hinauf in das ihm bereitete Zimmer, in dessen Fenster schon der grauende Tag hineindämmerte.

Anfangs konnte er nicht einschlafen, es wogte noch die Menge der Erlebnisse in seinem Kopfe, doch schliesslich, als schon ein vorwitziger Sonnenstrahl schräge in das Zimmer kam, verfiel er in einen unruhigen traumreichen Schlaf.

Unterdessen rückte der Sonnenstreif, in dem tausend flimmernde Stäubchen webten, immer näher auf ihn zu und ward immer breiter. Draussen im Walde waren die singenden, springenden Musikanten erwacht und mischten sich einer nach dem andern in das grosse Frühkonzert. Dann fing es an, sich im Hause und auf dem Hofe zu rühren, anfangs etwas verschlafen, dann lebhafter. Pferde trappelten über den Hof und Mägde gingen mit klappernden Eimern vorüber.

Und durch das ganze Haus treppauf treppab, durch Küche und Keller, ging ein

leichter behender Schritt, zu dem ein
Schlüsselbund leise klirrte und eine liebliche
Stimme zuweilen vor sich hin sang. Schelten
und Lärm verstummte, wo diese Schritte
sich nahten, denn der Friede, die Ordnung
und der Frohsinn war mit ihnen. Jetzt
kamen die leichten Füsse über den Hof
gegangen, an Roderichs Fenster vorbei,
und es klang zu ihm empor:

"Mägdlein ging im Feld allein, —
Pflücken wollt' sie Blümelein.
Blüht ein Röslein an dem Hag, —
Doch, als sie das Röslein brach,
Flattert es dahin im Wind . . .
Ei, wie blühst du so geschwind!"

Die Sonne hatte schon seit einiger Zeit
den Raum bis zu Roderichs Bett durch-
messen und lag nun friedlich auf seinem
etwas blassen Gesicht, so dass er sich schon
einmal unruhig gerührt hatte. Als nun
noch der Gesang dazukam, erwachte er
plötzlich und war, wie es bei ihm zu geschehen pflegte, sofort vollkommen munter.
Er horchte dem Gesange, der sich allmäh-

lich entfernte und ihm gar lieblich erschien.
Die zweite Strophe verstand er noch:

„Nebenher im hohen Gras —
Männertreu — wie blau blüht das!
Will es binden in den Kranz, —
Aber schnell in luft'gem Tanz
Flattert es dahin im Wind . . .
Ei, wie blühst du so geschwind!"

Dann war eine kleine Pause, und als
der Gesang wieder begann, war es so fern,
dass er nichts mehr verstand.

· Er sprang jetzt auf, um sich anzukleiden,
fand aber statt seiner Kleider über den
Stuhl einen etwas verschossenen Jägeranzug
gebreitet. Er besann sich, dass seine Kleider
in der vorigen Nacht sehr nass gewesen
waren. Dann kleidete er sich an und ging
hinunter. Der alte Diener zeigte ihm das
Wohnzimmer und bedeutete ihn, er solle
nur warten, der Förster werde bald kommen
Eine Magd brachte ihm den Kaffee, und
da sass er nun in dem Zimmer voll Morgen-
sonnenschein und wartete. Er hatte Zeit
genug sich umzuschauen. Trotz der frühen

4*

Morgenstunde war Alles behaglich und
sauber dort, und es schwebte etwas, wie
der Geist der Reinlichkeit und Ordnung
über den Dingen. Es herrschte nicht die
Peinlichkeit, die Jahre lang ein Ding genau
auf demselben Platze erhält, es war nicht
die abgezirkelte nackte Symmetrie, sondern
es war Alles in dem Zimmer, als müsste
es so sein und hätte sich selber in eigenem
Behagen an der Sache so hingestellt. Einfache Geräthe waren es nur, und an den
Wänden hingen in schwarzen polirten Rah-
men die bekannten alten Kupferstiche von
Hirschen und Rehen mit seltsamen Ge-
weihen, die im Jahre des Herrn so und
so erlegt worden waren. Dazwischen war
manch gezacktes und gewundenes Rehgehörn
angebracht und über der Thür ein Hirsch-
kopf, der die gewaltige Last eines achtzehn-
endigen Geweihes trug. Die eine Fensterecke
des Zimmers war für Roderich am an-
ziehendsten. Dort standen einige vorzügliche
Rosen- und Nelkenstöcke vor dem Fenster
und ein sauberes Nähtischchen, auf dem

sich ein Körbchen befand mit Knäueln und
Täschchen und anderen zierlichen Dingen,
und eine angefangene schneeweisse Näh-
arbeit lag darauf, als sei sie eben verlassen
worden. Und Roderich sass und wartete
und betrachtete alle diese Dinge, wie der
friedliche Sonnenschein sie streifte, oder
auf ihnen blitzte, wie er die Schatten der
Blumen und des Fensterkreuzes auf den
Fussboden malte und durch jede Lücke,
die er fand, lange Streifen sendete. Von
draussen und aus dem Hause kamen
unbekannte Laute unbekannter Stimmen,
er hörte Thüren zuschlagen und auf der
Treppe gehen, allein Niemand kam zu ihm.
Der sonnige Morgen lockte ihn endlich
hinaus aus dem Zimmer. Er ging vor die
Thür und sass eine Weile unter den Lindenbäumen. Dann zog es ihn weiter, wo der
Weg in den Wald führte. Er sah dort
eine Bank unter einer schönen Buche, deren
breite flache Zweige in dem hellen Lichte
der Sonne einen anmuthigen Gegensatz zu
dem dunkler dämmernden Hintergrund

des grünüberwölbten Waldweges bildeten.
Unter dieser Buche sass er eine Weile und
dachte an die Ereignisse der vorigen Nacht
und grübelte über dem Zusammenhang
des Ganzen, den er nicht zu ergründen
vermochte. So hatte er eine Weile gesessen,
da hörte er ein Geräusch auf dem Waldwege und eine helle Mädchenstimme rief:
„Georg, warum bist Du noch nicht in den
Wald; wenn Dich der Vater sieht, wird
er schelten!"

Roderich sah sich um und erblickte ein
junges sehr einfach gekleidetes Mädchen
mit einem Strohhut über dem Arm, das
den Waldweg daher kam und nun in dem
Augenblick, als sie ihren Irrthum bemerkte,
etwas verwirrt still stand und ein wenig
erröthete. Dabei hatte ein schräger Sonnenstreif den Weg durch die Zweige gefunden
und vergoldete das einfache hellblonde
Haar und liess die unschuldige Röthe ihres
Angesichtes noch lieblicher erscheinen.

„Ich bin nicht Georg," sagte Roderich,
„aber ich darf Ihnen wohl für die Gast-

freundschaft danken, die mir in dieser
Nacht zu Theil geworden ist."

Sie schwieg eine kleine Weile, dann
sprach sie: „Sie sind Herr Haideborn?
Der Vater wird gleich kommen, er hat
nicht lange mehr im Walde zu thun, und
ich sah ihn schon vorhin über die Fichten-
schonung gehen."

Als sie zu den Lindenbäumen gelangt
waren, trat der Förster gerade aus dem
Walde hervor, und um ihn waren zwei
schöne Hunde, die ihn stets begleiteten.
Roderich und das Mädchen standen nun
Beide so lange vor der Thür und erwarteten
ihn. Als er näher kam, zog er seinen Hut
und grüsste und rief: „Schon aufgestanden,
Herr Haideborn? Das kalte Bad schon
ausgeschlafen? Das war ein tüchtiges Gewitter diese Nacht. Im Eichenkamp hat es
zweimal eingeschlagen; es sind zwei von
meinen besten Bäumen."

Roderich wollte jetzt seinen Dank an-
bringen, allein der Förster wehrte ihn ab:
„Schon gut, schon gut, nicht der Rede

werth — Anna, eine Flasche mit grünem
Siegel." Anna verschwand aus der Thür
und die beiden Männer gingen jetzt in die
Wohnstube, wo ein Tisch mit schneeweissem
Linnen bereits gedeckt stand.

Sie setzten sich einstweilen auf das
Sopha, während das Frühstück aufgetragen
ward, und der Förster sprach:

„Herr Haideborn, die Leute erzählen
allerlei wunderliche Geschichten von Ihnen,
und was gestern geschehen ist, lässt mich
schliessen, dass sie wohl manchmal nicht
so ganz Unrecht haben, aber was mir an
Ihnen gefällt, ist, dass sie Muth haben,
denn Jedermanns Sache wäre das nicht
gewesen, sich in der Nacht an den schwarzen See zu wagen. Meine beiden Jäger,
die sonst doch auch nicht viel von Furcht
wissen, gingen doch recht ungern daran,
dort in der Nacht sich anzustellen. Und
was die Sonderbarkeit betrifft, das giebt
sich mit der Zeit. Ich habe Ihren Herrn
Vater recht gut gekannt, der war auch so,
als er jung war. Der wollte auch Mond

und Sterne vom Himmel langen und Alles
was bestand auf den Kopf stellen, und ist
doch nachher ein so prächtiger vernünftiger
Mann geworden. Ich denke mir, das liegt
so in der Familie. Sie werden es mir nicht
übel nehmen, wenn ich so offen zu Ihnen
rede, denn ich habe Ihren Vater sehr gut
gekannt und Sie habe ich als kleines Kind
oft genug auf dem Arm getragen.“

Dann setzten sie sich zum Frühstück.
Anna sass an ihrem Nähtischchen, nur zuweilen stand sie auf und ging durch das
Zimmer, um die Männer zu bedienen.
Dann ward sie zufällig hinausgerufen und
der Förster sprach: „Herr Haideborn, ich
glaube zu wissen, wem Sie diese ganze Geschichte zu verdanken haben. Ich war neu-
lich beim Bürgermeister, um mit ihm über
die Wilddieberei in unserem Stadtwalde zu
sprechen, und da dies nun weiter keine
Geheimnisse waren, so machten wir das
beim Kaffee ab. Es war dort allerlei junges
Volk im Zimmer, die steckten die Köpfe
zusammen, zischelten und kicherten mit

einander, und ich hörte einmal Ihren Namen
erwähnen. Ich hörte auch, dass die Worte
'Abenteuer', 'schwarzer See' fielen und
dass unter vielem Gelächter von dem
Bunde der 'Blauen und Braunen' die
Rede war."

Roderich kam mit einem Male die Er-
leuchtung; er empfand jenes nagende Gefühl, in den Augen anderer Leute eine
lächerliche Rolle gespielt zu haben, wo er
in bitterm Ernste handelte. Er bat den
Förster, über den näheren Verlauf seines
Abenteuers nicht mit Anderen zu reden,
verabschiedete sich dann, nachdem er sich
umgekleidet hatte, und ging durch den
sommerlichen Wald nach Golnow zurück.

III.

Für Roderich kamen nun wieder Tage, die ihm nicht gefallen wollten. Seinen Umgang in Golnow hatte er in Folge der letzten Ereignisse fast ganz abgebrochen und lebte abgeschlossener denn je. Er las sehr viel und ging und ritt sehr viel spazieren in der Umgegend. Zuweilen kam er im Walde in die Nähe des Försterhauses und sah es von ferne liegen in seiner grünen friedfertigen Einsamkeit. Der Förster begegnete ihm zuweilen und redete ein paar Worte mit ihm. Er sprach einmal von der vortrefflichen Ernte auf Roderichs Gut Rothensee, das an den Wald grenzte, und Roderich musste gestehen, dass er seit seiner Anwesenheit in Golnow noch nie in Rothensee gewesen sei. Einst auf einem Spaziergange traf er Anna auf dem Waldwege und grüsste sie. Als sie schon eine Weile vorüber war, schaute er ihr nach und sah die einfache schöne Gestalt unter dem Hallendach der Bäume wandeln. Auf dem

Hügel traf sie ein Sonnenlicht und hob sie
in ihrem hellen Kleide schimmernd hervor,
bis sie gegen die grüne Dämmerung hinab-
steigend hinter der Anhöhe verschwand.

Eines Tages suchte er in seiner Bibliothek ein landwirthschaftliches Werk hervor
und fing darin an zu lesen. Es war gar
nicht so langweilig, wie er sich gedacht
hatte. Die nächste Folge davon war, dass
er an seinen Buchhändler in der Haupt-
stadt um die bedeutendsten landwirth-
schaftlichen Werke schrieb, die vorhanden
waren. Er fing an, wenn er an Feldern
vorbeikam, diese zu betrachten und bemerkte, dass viel Beachtenswerthes vorhanden war, wo sich ihm früher nur eine
prosaische Leere gezeigt hatte. Er sprach
auch zuweilen mit den Leuten und liess
sich belehren. Eines Morgens liess er sein
Pferd satteln und ritt nach Rothensee
hinaus. Es war um die Zeit der Weizen-
ernte, und an der Grenze seines Gutes
waren die Leute mit Einfahren beschäftigt.
Der Verwalter, der zugegen war, kam

erfreut und begrüsste ihn und machte ihn
mit Stolz aufmerksam auf die schweren
Garben und die dicht stehenden Reihen
derselben. Roderich blieb den ganzen Tag
da, liess sich auf dem Gut umherführen
und machte den alten Verwalter dadurch
zum glückseligsten Menschen. Gegen Abend,
als er nach Hause ritt, verglich er die
Felder, die am Wege lagen, unwillkürlich mit den seinen und musste sich sagen,
dass die seinigen besser waren. Dies er-
weckte ihm ein eigenthümliches Behagen.

Von dieser Zeit an kam er sehr oft
nach Rothensee und endlich beim Beginn
der Saatzeit siedelte er ganz dorthin über
und blieb auch den Winter dort. Der Verwalter hatte oft seine Noth mit ihm, da
er anfangs gern in seine launenhafte Weise
verfiel; allein wie Roderich Alles, was er
ergriff, mit der grössten Energie und Hin-
gebung betrieb, so hatte er sich auch bald
eine gewisse Einsicht in landwirthschaftliche
Angelegenheiten erworben, und sah dann

schliesslich doch immer ein, dass der alte
Mann Recht habe.

In der ersten Zeit, kurz ehe er ganz
nach Rothensee übergesiedelt war, hatte er
den Förster wieder besucht und von nun
an kam er häufiger und hielt in der Folge
gute Nachbarschaft. In seinem Hause zu
Rothensee, das noch von seinem Vater her
wohnlich eingerichtet war, liess er Alles
beim Alten.

Und so verging die Zeit.

Es giebt Menschen, die Jahre lang
in verkehrten Gleisen gehen, in die sie
äussere Umstände geleitet haben. Manche
finden niemals den richtigen Weg wieder
und verharren auf ihrer Kometenbahn, bis
sie sich immer weiter und weiter von der
Sonne der Wahrheit entfernen; manche
stehen eines Tages erstaunt da und schauen
verwundert auf das, was ihnen bis dahin
zur Richtschnur ihres Lebens gedient hat.
Bei Roderich war diese Wandelung ziemlich plötzlich eingetreten, allerdings nicht
ohne einige äussere Gründe. Es waren

aber auch innere Gründe vorhanden, und
einer von diesen war sehr wirksam. Es
begab sich nämlich sehr oft, dass Roderich
sich darüber ertappte, an eine helle flinke
Mädchengestalt zu denken. Anfangs sträubte
er sich dagegen, dann liess er es geschehen,
und schliesslich war es ihm nicht mehr
möglich sich dagegen zu wehren. Wenn
er den Förster besuchte, beobachtete er
Anna oft im Geheimen und schaute be-
wundernd, wie Alles so von selber zu gehen
schien und sich dem Geist der Ordnung
und Freundlichkeit fügte. Es war wie in
dem Märchen vom Hausgeist. Man merkt
kaum sein Wirken und doch ist Alles gethan. Nie war es, dass sie keine Zeit
hatte, oder dass sich ein hastiges Stürzen
oder Uebereilen zeigte. Und dann war
seiner unruhigen Natur der gleichmüthige
Frohsinn erfreulich, der stets mit ihr war
und Etwas wie milden Sonnenschein um
sie breitete.

Wo war das Ideal eines Weibes geblieben, das er sich früher ausgemalt hatte!

Wo waren die dunklen Gluthaugen, die wallenden schwarzen Locken, die imponirende Gestalt? Wo war der sprühende Geist, der erhabene Flug der Gedanken, die herrlichen Talente? Es war Alles versprüht und verweht und es war an ihrer Stelle ein einfaches blondes Mädchen in einem hellen Gewande, ein kleines Schlüsselbund an der Seite, das fröhlichen Sinnes in dem engbegrenzten Kreise der Häuslichkeit seinen einfachen Beruf erfüllte.

Der Winter ging dahin, der Frühling kam ins Land, und Roderich befand sich immer noch in Rothensee und kam nur selten in die Stadt. Einmal war er dort gewesen und hatte mit einem Gehülfen seinen grossen Garten aufgemessen. Dann sass er eine Zeit und zeichnete und entwarf den Plan einer Umänderung, die im Lauf des Frühlings ausgeführt wurde. Die Wildniss verschwand und machte wohlgeordneten Verhältnissen Platz. Und dann war es wieder Sommer und in Rothensee wogten die Felder von üppigem Korn. Es war nun

über ein Jahr vergangen, seit dem Ereigniss
am schwarzen See. Um diese Zeit machte
Roderich viele einsame Spaziergänge; es
lag Etwas in der Luft und es sollte auch
ein Tag kommen, der es zum Vorschein
brachte.

Es war ein rechter Sommertag, wie ihn
der Anfang des August nur bieten kann.
Roderich ging nachdenklich über die Felder
zum Walde, um den Förster zu besuchen,
mit dem er Etwas zu reden hatte.

Die sommerliche Schwüle schwebte über
der Natur, dass man meinte, im Zittern
der Luft über den Feldern ihren Flügelschlag zu sehen; die Halme neigten schwer
ihr Haupt und zuweilen ging ein warmer
Hauch, der das Schrillen der Grillen stärker
ertönen liess, über das leise wogende Feld.

Am Rande des Waldes, wo die mächtigen Buchen ihren Schatten über das
Kornfeld warfen, zog sich ein schmaler
Grasrain dahin, dort stand Roderich und
sah eine Weile auf das Feld hinaus. Er
blickte über sanfte, wellige, mit Korn

bedeckte Hügel, dazwischen lag manchmal
tiefer eine Wiese mit dunklerem Grün und
Reihen einförmiger Weiden. Ferner hin
schaute Rothensee still wie schlafend aus
Baumwipfeln hervor, daneben aus einer
Waldlücke der See — die gegenüberliegenden waldigen Ufer in sonnenduftiger Ferne
— und dann dehnte es sich bis zum Horizont in blassblau dämmernden Streifen
bis zu den sanftgewellten Anhöhen, die
den blauen Himmel zu tragen schienen.
Es war fast Alles sein Eigenthum, was er
überblickte.

Ein sommerliches Summen und Klingen
war ringsum und als er weiterschritt, schwirrte
das Insektenvolk vor seinen Füssen auseinander. Drunten im Grunde am Waldrand, wo
eine schmale Waldwiese ins Feld vorsprang,
standen zwei Rehe, aufmerksam mit erhobenem Kopfe zu ihm herüberstarrend.
Dann ein plötzliches Nicken des Kopfes,
und fort eilten die scheuen zierlichen Thiere,
das eine in den Wald, wo das Geräusch
seiner Sprünge zwischen den Bäumen

wiederhallte und das andere mit leichten
nachlässigen Sätzen quer durch das hohe
Korn. Auf dem Hügel lugte noch einmal
der zierliche Kopf mit den erhobenen Ohren
aus den Halmen zu ihm herüber, dann ein
paar Sprünge und hinter dem verschwun-
denen Flüchtling richteten sich langsam die
Aehren wieder auf. Roderich fiel unwillkürlich Anna ein. Gerade so schlank und
zierlich stand sie oft in der Hausthür, wenn
sie ihm und dem Vater entgegen blickte.
Wo sich der Feldweg in den Wald zog,
schaute die grüne Laubhalle ihm verlockend
entgegen. Ein kühlerer Hauch umfing ihn,
doch kein Rauschen tönte in den Kronen
der Bäume. Es war die Stunde, wo Pan
schläft, die der Mitternacht entsprechende
Tagesstunde mit dem unheimlichen Zauber,
der dieser brütenden Stille eigen ist. Es
ist, als fürchte man sich, den Traum-
gesichtern der schlafenden Natur zu begegnen. In den grasbewachsenen Wald-
lücken lag still der Sonnenschein, fern
sahen dämmernde Waldgründe geheimniss-

voll herüber und zuweilen klangen unbekannte Laute langnachhallend durch das
Schweigen.

Seitwärts leuchtete es farbig zwischen
den Stämmen; es war ein freier Fleck,
mitten im Walde. Dort hatte eine mächtige Buche gestanden; der abgehauene
Stumpf schaute aus Gras und Glocken-
blumen hervor. Nun war der Fleck ein
Schmetterlingstanzplatz, und die bunten
Flügelwesen gaukelten und spielten lautlos
um die Blumen, lösten sich von ihnen und
hafteten dann wieder mit wiegenden Flü-
geln. Auf dem Baumstumpf lag eine
Ringelnatter und sonnte sich; die gelben
Flecke an ihrem Kopfe leuchteten wie
Gold. Wie schaute ihn Alles so verzaubert
und schweigend an. Der einsame Fleck
mitten im Walde, umgrenzt von ragenden
Buchen, auf deren stummen Zweigen der
Sonnenschein schlief, eine einzelne weisse
Wolke, die regungslos über die Wipfel
schaute, und dazu das lautlose Auf- und
Niedergewiege der Schmetterlinge. Roderich

kamen märchenhafte Gedanken. Dies Alles
ist verzaubert! dachte er. Dort auf dem
Baumstumpf ruht sie, die graue Schlange
mit dem goldnen Krönlein auf dem Haupte;
die Schmetterlinge sind ihr verzauberter
Hofstaat. Dreimal muss man sie auf den
Mund küssen, um in den Armen zu halten
die allerschönste Prinzessin auf Erden.
Aber das ist nicht so leicht, denn vor
jedem Kusse verwandelt sie sich in ein
neues Ungeheuer, in eine riesengrosse gift-
geschwollene Kröte, oder in einen gräu-
lichen feuerspeienden Drachen. Wer aber
standhaft ist, der erringt sie, und es wächst
ein Schloss mit ragenden Thürmen aus
dem alten Baumstumpf hervor, es schmet-
tern die Trompeten und in prächtigem
Aufzuge kommt der gute alte König, ihr
Vater, daher, und es wird Hochzeit gefeiert mit Fiedeln und Blasen, und der
gute alte König giebt uns sein halbes
Königreich, und wir leben fröhlich bis an
ein seliges Ende! —
Roderich trat einen Schritt vorwärts —

summendes Gethier schwirrte vor seinen
Füssen auf, Thymianduft wehte ihm entgegen, die Schlange, aufgestört, löste ihre
Ringe und wand sich leise raschelnd durch
das hohe Gras davon.

Alles wieder still wie zuvor, nur von
ferne tönte das Lachen des Wiedehopfs
schallend durch die Wipfel, es klang wie
ein lustiges Gelächter des Waldes über den
einsamen Träumer.

Roderich ging weiter in dem einsamen
Walde. Ihm war so wunderbar traumselig
zu Muth, unwillkürlich lenkte er seine
Schritte zum schwarzen See, der jetzt in
der Nähe durch die Bäume blickte. Nun
lag die stille glatte Fläche vor ihm. Kein
Rohrhalm rührte sich, die breiten Blätter
der Wasserrosen lagen glänzend auf dem
dunklen Wasser, und die weissen Blumen
standen dazwischen wie silberne Punkte.
Drunten im Grunde des Spiegels stand die
ganze feierliche Majestät des Waldes noch
einmal, bis in das feinste Zweiglein sich ab-
zeichnend. Roderichs Blicke schweiften über

die Wasserfläche, da blieben seine Augen
an einer hellen Gestalt haften, die sich im
Spiegel zeigte. Er erhob seine Augen und
sah Anna am Rande des Ufers sitzen, wie
es schien in Gedanken verloren.' Sie blieb
ruhig sitzen, als er sich näherte, und sie
ihn bemerkte, und deutete auf einen Korb,
der neben ihr stand: „Ich bin so müde,"
sprach sie, „ich habe den ganzen Korb voll
Himbeeren gepflückt, wollen Sie mir etwas
ausruhen helfen?"

Roderich war dazu sehr gerne bereit
und setzte sich neben sie in das hohe Gras.
„In den Reutschlägen sind in diesem Jahre
erschrecklich viele Himbeeren," sagte Anna,
„die Sträuche schimmern ordentlich roth,
wenn man darüber hinsieht."

„Ist es erlaubt?" fragte Roderich, indem
er das weisse Tuch von dem Korbe nahm,
und ihm die rothe Fülle der duftigen
Früchte entgegen schimmerte.

Sie lachte: „Wer nicht arbeitet, soll
auch nicht essen," war die Antwort.

„Ich habe gearbeitet," vertheidigte sich Roderich, „ich darf essen."

Anna sah ihn freundlich an: „Herr Haideborn," sagte sie, „wie gefällt Ihnen die Landwirthschaft?"

„Fräulein Anna," war seine Antwort, „ich verdanke es Ihnen, dass ich sagen kann gut, ich verdanke es Ihnen, dass mein Leben einen nützlichen Inhalt hat, dass es nicht mehr in einem Jagen nach blauen Phantomen besteht, dass ich eine Thätigkeit gefunden habe, wo es mir Freude macht Gutes und Tüchtiges zu schaffen!"

„Ah — wie meinen Sie das," fragte Anna und sah ihn verwundert an.

„Ich bin aufgewachsen," fuhr Roderich lebhaft fort, „ohne dass mir Jemand gesagt hätte von den Pflichten gegen mich und Andere. Ich bin durch das Leben gegangen wie ein Knabe, der Schmetterlinge jagt. Bei dem Drängen nach Arbeit, das in mir steckte, hielt ich es in meinem verkehrten Sinn für gewöhnlich, so zu handeln und zu thun, wie ich die Leute

um mich her handeln und thun sah. Auf
das Aussergewöhnliche und Seltsame richtete sich mein Sinn, und so verfiel ich in
allerlei Thorheit. Erst Sie zeigten mir,
dass nicht der Werth in dem steckt, was
man thut, sondern wie man es thut, dass
man Grosses leisten kann im Kleinen.
Ihnen verdanke ich das Beste, was ich in
meinem Leben gelernt habe!"

Anna erröthete und schlug die Augen
nieder. Dann sah sie wieder auf und begegnete seinem Blick, der liebevoll auf ihr
ruhte. Sie sah wieder in den Schoss und
zerpflückte eine Grasähre zwischen den
Fingern.

Es war eine kurze Zeit des Schweigens.
Nur das Wispern und Schwirren des Ge-
thiers, das die Sommersonne ausbrütet,
war in dem durchsonnten Gras vernehmlich, und aus dem Uferschilf des Sees kam
das wirre liebliche Geschwätz eines kleinen
Rohrsängers.

Roderich sah das Mädchen vor sich

sitzen, so einfach und anmuthig; was er
schon lange im Stillen mit sich herum-
getragen hatte, musste jetzt zur Entscheidung kommen. Unwillkürlich schoss es
ihm durch den Sinn: dreimal muss man
sie auf den Mund küssen, um in den
Armen zu halten die allerschönste Prinzessin auf Erden! Aber wird sie sich nicht
verwandeln? Er glaubte es nicht.

„Anna," sagte er sanft.

Sie blickte auf zu ihm und plötzlich,
als sei der Bann gelöst, der auf ihm geruht
hatte, ergriff er sanft ihre Hand und sprach
zu ihr und sagte ihr Alles, das sein Herz
bewegte. Und sie sass stumm und zit-
ternd und doch voll süssen Glückes; seine
Stimme war wie hallende Glockentöne in
ihren Ohren, sie lauschte seinen schnellen
Worten und verstand sie kaum. Nur das
Eine verstand sie, dass er sie liebte. Dann
zog er sie sanft an seine Brust und küsste
sie dreimal auf den Mund.

„Prinzessin, Du bist mein!" sagte er.

Ihr blonder Kopf lag an seiner Brust, als sie zu ihm aufschaute und sprach: „Es war schon lange so."

„Und soll so bleiben!" sagte Roderich und drückte sie fester an sein Herz.

HERR OMNIA.

Eine Geschichte aus dem Riesengebirge.

Von meinem Freunde Abendroth und
seiner Leidenschaft, Menschen zu
sammeln, habe ich bereits früher einmal
erzählt. Diese Menschensammlung trägt
er in seinem vorzüglichen Gedächtnisse mit
sich herum; einige Exemplare jedoch hat
er auch in Tagebuchaufzeichnungen sorgfältig eingemacht und für die Dauer auf-
bewahrt. In diesem Buche zu blättern
gestattet mir mein Freund Abendroth
manchmal zu meiner ganz besonderen Ergötzung, und da geschah es denn einst, dass
ich mein Vergnügen äusserte über den dort
sorgfältig abgemalten Herrn Omnia und
zugleich mein Bedauern nicht verhehlte,
dass diese originelle Figur nicht einem

grösseren Kreise von Bewunderern zugäng-
lich gemacht werde. Denn, so sonderbar
es auch erscheint in diesem ewig Bücher
schmierenden und druckenden Zeitalter,
mein Freund Abendroth hat eine Abneigung
dagegen und ist nicht zu bewegen, irgend
etwas davon zu veröffentlichen, obwohl er,
wie ich denke, mit einer Beschreibung der
besten Stücke seiner Sammlung ein ur-
sprüngliches und humorvolles Buch schaffen
könnte. Nun war er aber gerade an dem
Tage, als ich mein Entzücken über Herrn
Omnia aussprach, in seiner Gebelaune und
sagte plötzlich: „Gut, ich schenke ihn dir,
den ganzen Omnia, mitsammt der Reise ins
Riesengebirge, welche dazu gehört. Nimm
ihn und verbrauche ihn in Gesundheit.“

Von Berthold Auerbach ist es bekannt,
dass er weit über den eignen Bedarf Gedanken und Einfälle verfertigte und deshalb
in seinen Romanen gern eine besondere
Umzäunung anbrachte, woselbst er diese
kleinen Geistreichigkeiten herdenweise ein-
sperrte. Da : Bewusstsein dieses Reichthums

machte ihn verschwenderisch, und wenn
er im Gespräch mit anderen Schriftstellern
dergleichen kleine geistige Nippsachen her-
vorbrachte, war es eine ständige Redensart
von ihm: „Wollen Sie es haben? Ich schenke
es Ihnen." Aber ich glaube nicht, dass er
ganze Originalmenschen und fast fertige
Geschichten verschenkt hat, noch dazu in
diesen theuren Zeiten, wo es für den wenigen
Stoff so unermesslich viele Schneider gibt,
und wo mehr als je der Spruch des alten
Goethe gilt:

> „Jung' und Alte, gross und klein,
> Grässliches Gelichter!
> Niemand will ein Schuster sein,
> Jedermann ein Dichter."

Um so höher war meine Dankbarkeit
für dies werthvolle Geschenk, und nichts
Eiligeres hatte ich zu thun, als mir Herrn
Omnia mit sämmtlichem Zubehör sorgfältig
aus dem Tagebuche auszulösen, ihn und
die Erlebnisse seines Reisegefährten, meines
Freundes Abendroth, sauber zurechtzu-
stutzen und sie also dem geneigten Leser

darzubieten. Dieser möge also nicht vergessen, dass nicht ich es bin, der hier
erzählt, sondern mein Freund, und dass ich
es mache wie mein kleiner Junge, wenn
er sich gravitätisch auf meinen Stuhl setzt,
meine Feder in seine Hand nimmt und
sagt: „Nun bin ich Vater." Also ich bin
nun mein Freund Abendroth. Doch bevor
ich aus meiner Haut in die meines Freundes
fahre, möchte ich noch erklären, wie jener
Mann zu dem wunderlichen Namen Omnia
gelangte. Er hiess nämlich gar nicht so,
sondern Adalbert Schermäusel. Da er
aber die sonderbare Eigenschaft besass, alle
möglichen und unmöglichen Dinge bei sich
zu tragen, so hatte man ihn gelegentlich
„Omnia secum portans" getauft, wie den
Wandsbecker Boten seligen Angedenkens,
und dies hatte sich, weil zu lang für den
Gebrauch, alsbald auf Omnia abgeschliffen.
Und nicht wahr, es klingt auch besser als
Schermäusel?

II.

Es war bei den böhmischen Dörfern Adersbach und Weckelsdorf, woselbst ich zuerst Herrn Omnia kennen lernte. Diese Orte sollten für mich nicht länger böhmische Dörfer sein, und ich hatte beschlossen, auf meiner Reise ins Riesengebirge sie und die Wunder ihrer Umgebung zu besichtigen. Man hat dort die weitausgedehnten wunderlichen Felsbildungen durch Thüren verschlossen und besichtigt sie gegen Eintrittsgeld unter Leitung eines Führers, der sein Auswendiggelerntes wie ein Papagei herleiert, gerade wie man in Castans Panoptikum die grausigen Verbrecher und sonstigen Wachspuppen betrachtet. Unter der kleinen Schaar von Besuchern, der ich mich anschloss, war mir ein langer Herr von etwa fünfunddreissig Jahren aufgefallen durch die besondere Art seiner Kleidung und durch die ungeheuer vielen Taschen, die sein staubgrauer Anzug beherbergte. Zudem war er mit Stock und Schirm, einer

geiüumigen Wandertasche, einem gerollten
Plaid und allen möglichen anderen Dingen
ausgerüstet, deren Bedeutung mir nicht
gleich klar wurde. Der Mann hatte etwas
Gemessenes und Pedantisches in seinem
Wesen und sprach wie ein Buch. In unserer
Gesellschaft befand sich ein schönes junges
Mädchen, das unter dem Schutze einer
behaglichen Tante reiste, und da man auf
Reisen leicht Bekanntschaft macht, so hatten
wir beide als zwei Schmetterlinge uns dieser
anmuthigen Blume angeschlossen, suchten
ihr um die Wette kleine Dienste zu leisten
und verfertigten dazu die angenehmsten
Redensarten. Doch sah ich bald, obwohl
ich der jüngere war, dass ich in beiden
Dingen den kürzeren ziehen musste, sowohl
was die Dienste als die Redensarten betraf,
denn unser Reisegenosse war nicht allein
mit einer Fülle von angenehmen Dingen
und Gegenständen ausgerüstet, sondern
verstand es auch in hohem Grade, die
weitschweifigsten und schnörkelhaftesten
Reden zu halten, deren Strom sich durch

kein Zwischenwort und keinen Einwurf
unterbrechen liess. Er beglückte uns denn
auch zunächst durch einen lehrreichen Vortrag über die Kreideformation und den
Quadersandstein, aus dem sowohl die säch-
sische Schweiz als diese sonderbaren Felsen
gebildet werden, und erläuterte seine Rede
durch allerlei Versteinerungen, die er zur
rechten Zeit mit grosser Geschicklichkeit
aus irgend einer unvermutheten Tasche
hervorzog. Denn er hatte, wie schon bemerkt, so viele Taschen in seiner Kleidung
wie eine Honigwabe Zellen. Nachdem nun
der Führer endlich zu Worte gekommen
war und uns auf einige höchst merkwürdige „Bilder“, wie er die sonderbaren Fels-
gestalten nannte, aufmerksam gemacht
hatte und wir den „Bürgermeister“, den
„Mönch“, den „Jäger und das Rebhuhn“,
den „verhungerten Ritter“ und dergleichen
Albernheiten genugsam bewundert hatten,
gelangten wir an einen Platz, woselbst sich
die geräuschvolle und kostspielige Einrichtung des Echos befand. Aus diesem zogen

zwei rothnasige Blechmusikanten und ein
etwas schwarz angeblakter Böllerbesitzer
ihre kümmerliche Nahrung, so dass sie im
buchstäblichen Sinne des Wortes von der
Luft lebten. Herr Omnia hatte bereits
einen Revolver herausgeholt, um das Echo
anzuschiessen, als ihm bemerkt wurde, dass
zu diesem Zwecke einzig und allein die
drei k. k. privilegirten Böller zu benutzen
seien, welche dies Geschäft in drei Preis-
abstufungen besorgten. Da es uns nun die
tiefste Verachtung dieser Leute zugezogen
hätte, wenn wir solchen Mangel an Sinn
für die Erhabenheiten der Natur gezeigt
hätten, uns dieser Einrichtung nicht zu
bedienen, so erstanden wir uns für eine
Mark den theuersten Knall, den sie vor-
räthig hatten. Die behäbige Tante war im
Gespräch mit einem dicken Herrn aus
Mecklenburg etwas zurückgeblieben und
deshalb auf dieses Attentat nicht vorbereitet.
Als nun plötzlich das grösste der drei
Schiessgeräthe zu fürchterlichem Geballer
seinen Mund aufthat, erschrak die gute

Dame so, dass sie, der überhaupt jegliches
Schiessen ein Greuel war, auf der Stelle in
Ohnmacht fiel und ihrem Begleiter in die
Arme sank. Sofort war Herr Omnia zur
Stelle, hatte mit zauberhafter Geschwindigkeit ein Riechfläschchen irgendwo hervor-
gezogen und hielt es der Tante unter die
Nase, worauf die brave Matrone auch sogleich wieder zu sich kam und die berühmte
Frage that: „Wo bin ich?" wie es für eine
gerechte Ohnmacht angemessen und stil-
voll ist. Kaum war diese Wirkung erreicht, als auch Herr Omnia schon ein
zweites Fläschchen mit köstlichem Likör
bei der Hand hatte, ein Gläschen davon
einschenkte und es zugleich mit einer kleinen
Tafel Chokolade der alten Dame zur Stärkung ihrer erschütterten Geisteskräfte anbot. Dies zauberte hellen Sonnenschein
auf ihr geräumiges Antlitz, und die schöne
Nichte, der Omnia ebenfalls von diesen
guten Dingen anbot, lächelte lieblich dazu
wie der Mond in einer schönen Juninacht.
Um nun noch mehr Oel in die aufgeregten

Wogen der Tantengefühle zu giessen,
wurden die zwei rothnasigen Blechmusi-
kanten beauftragt, das Echo mit etwas
Salbungsvollem anzublasen. Durch diesen
Beweis unsers Kunstsinnes hocherfreut, ent-
lockten sie ihren verbeulten Instrumenten
in kurzen Absätzen herzzerreissende Akkorde, die das Echo mit grosser Pünkt-
lichkeit wohl an die sieben Male wiedergab.
Das letzte Mal kam es erst nach grosser
Pause wie von ganz fern hinter den Bergen.
Doch verliessen wir endlich die braven
Künstler, deren Gemüther ein reicher
Ehrensold harmonischer stimmte als ihre
Instrumente, und wandten uns der nicht
allzu entfernten Aussicht zu. Von dieser
ernährte sich ein kleiner weisshaariger
Mann dadurch schlecht und recht, dass er
sie vermittelst eines langen Fernrohres
groschenweise an Bedürftige abliess. Ich
muss nun offen gestehen, dass ich im Allgemeinen wenig für Aussichten eingenom-
men bin, wenn ich auch nicht gerade
meinem guten dicken Onkel recht geben

will, der solche Natureinrichtungen geradezu
hasst, zumal man ihrer meistens nur durch
verwerfliches Klettern auf unfruchtbare
Berge habhaft werden kann. „Was hat
man schliesslich davon," sagte er einst, als
wir hinter seinem Landhause in der Garten-
veranda sassen und Kaffee tranken, „die
Welt liegt vor einem wie eine grosse
Schüssel voll Salat, das ist alles." Dann
hob er die Hand und deutete auf seinen
Garten, wo die Erbsen- und Bohnenbeete
gleich grünen Mauern standen, die Gurken
üppig rankten, die Kohlköpfe strotzend
grünten, die Obstbäume von reichen Früch-
ten beladen ihre Zweige senkten und durch
eine Lücke zwischen den Zweigen ein
goldenes Weizenfeld weithin sichtbar ward,
Weizen, wie ihn in der ganzen Umgegend
nur mein Onkel baute — auf alle diese
guten Dinge deutete er hin und sagte mit
dem Ausdruck tiefster Ueberzeugung:
„Siehst du, mein Junge, das nenn' ich
Aussicht!"

Aber was half es, die Aussicht war nun

einmal da, sie musste verbraucht werden,
und uns allen ward es nicht erspart, durch
das Fernrohr einen aufrechten schatten-
haften Strich bewundern zu müssen, der
aussah wie das Gespenst eines Zahnstochers
und den Kirchthurm irgend einer gleich-
gültigen Stadt vorstellte, deren Haupt-
verdienst durch ihre ungeheure Entfernung
von diesem Orte begründet war. Natürlich
holte Herr Omnia ebenfalls ein Fernrohr
hervor und graste auf seine eigne Hand
den Horizont ab, was ihm einen giftigen
Seitenblick von dem Aussichtspächter ein-
trug. Der alte dicke Herr aus Mecklenburg
meinte, wenn alle Fremden so verführen,
dann müsse der Mann wohl nächstens eine
Hypothek auf sein Fernrohr aufnehmen,
und lachte dann selber über diesen Scherz
so, dass ihm die Backen zitterten und sein
Bauch wogte wie der Ozean im Sturm.
Manche Menschen sind furchtbar billig zu
erheitern. Es half aber Herrn Omnia
nichts, denn da sein Taschenperspektiv so
weit nicht reichte, musste er doch an das

grosse Fernrohr heran, um seinen An-
schauungskreis zu erweitern. Dann aber
zog er aus seinen unerschöpflichen Taschen
farbige Touristenbrillen hervor und erntete
wiederum den Beifall der Tante und der
Nichte, deren Augen sich an dem Anblicke
einer feuerroten, goldenen oder lasurblauen
Welt weidlich ergötzten.

Wir stiegen nun wieder abwärts, um
das erhabene Schauspiel des Wasserfalles
zu geniessen. Die Sachsen und die Schle-
sier bilden unter den Deutschen bekanntlich
die sparsamsten und betriebsamsten Völker,
und dieses System haben sie auch auf ihre
Wasserfälle angewendet; ebenso geschieht
es in Böhmen. „Spare in der Noth, so hast
du bei der Zeit," sagen sie, und so besitzt
jeder Wasserfall im Sommer seine Sparbüchse in Gestalt eines kleinen Teiches,
der durch eine Schleuse gegen angemessene
Bezahlung geöffnet werden kann und also
das gewünschte Naturschauspiel verabreicht.
Schlimm ist es, wenn im heissen Sommer
zu viele Reisende diesen erhabenen Anblick

zu geniessen trachten, denn es kann dann
vorkommen, dass alles Wasser fortgelaufen
ist und der Wasserfall nicht mehr geht.
Reinick sagt sehr schön:

„Was nützt mir denn, wenn er nicht speit,
Der ganze Berg Vesuv?!"

Jedoch ein Wasserfall ohne Wasser bietet
einen noch weit dürftigeren Anblick dar,
ohngefähr wie das berühmte Lichtenberg-
sche Messer ohne Klinge, an dem das
Heft fehlt. Längst schon hat es mich
Wunder genommen, warum der Berliner,
um solche Schauspiele zu betrachten, nach
Sachsen, Schlesien und Böhmen reisen
muss. Warum findet sich nicht ein pfiffiger
Unternehmer, der im Humboldthain, am
Kreuzberge, im Thiergarten oder sonstwo
automatische Wasserfälle aufstellt, die dadurch, dass man etwa eine Mark in einen
Spalt steckt, auf eine Weile losgelassen
werden. Bei der unerschöpflichen Wasser-
leitung, die hier zu Gebote steht, könnte
die Sommerkalamität des Versagens niemals

eintreten, und das schöne Geld käme der
heimischen Industrie zu Gute.

So ganz automatisch sind die schlesischen und böhmischen Wasserfälle allerdings noch nicht eingerichtet; sie machen
ihre Künste aber auch nur gegen eine entsprechende Vergütung. Ueberhaupt das
Verblüffendste für den harmlosen Wanderer
bei Besichtigung dieser Felsenstädte ist die
Entdeckung, dass mit dem Eintrittsgelde
weiter nichts als das Recht des Aufenthaltes
erkauft ist, jegliche weitere Sehenswürdig-
keit aber nach dem System des Extra-
kabinetts oder der Schreckenskammer besonders honorirt werden muss.

Wir stiegen nun einige Stufen empor,
um die Sparbüchse dieses Wasserfalles, den
geheimnisvollen, zwischen den Felsen ge-
legenen Teich zu besichtigen. Wahrscheinlich, weil dieser Schwindel zu durchsichtig
ist, nehmen Wasserfallpächter und Führer
eine besonders feierliche Miene an, wenn
sie diesen lächerlichen Tümpel vorzeigen
und dazu mit eiserner Stirne behaupten,

seine Merkwürdigkeit sei ohnegleichen. Es
gehört zum guten Ton, auf diesem steinernen
Barbierbecken eine Kahnfahrt zu unternehmen, und wir alle betheiligten uns daran
bis auf den dicken Herrn aus dem wasser-
und seenreichen Lande Mecklenburg, dessen
Billigung diese Natureinrichtung nicht fand.
„So'n Pol," sagte er, „das nennt man bei
mir zu Hause 'n Wasserloch, und auf jedem anständigen Gut gibt's wenigstens 'n
Dutzend. Und geheimnissvolle sind da auch
bei. Auf meinem Gute habe ich eins, das
‚schwarze Soll,‘ wo sich damals die schöne
Trina in versäuft hat — da wagt sich's
abends in der Schummerstunde kein Mensch
vorbei." Somit blieb er grollend am Ufer,
während wir uns einschifften. Da zeigte
sich, dass der Wanderstab des Herrn Omnia
kein gewöhnlicher Stock, sondern eine ver-
kleidete Klarinette war, denn nach einer
kleinen Vorbereitung setzte er den Knopf
an den Mund und spielte mit grosser Geschicklichkeit, während wir auf den Fluthen
dieses Badenapfes dabinschwammen, das

schöne Lied: „Von Hamburg geht's nach Ritzebüttel," und dann das noch schönere: „Fischerin du kleine, fahr nicht so alleine!" Nach einer Minute war die schneckenlangsame Fahrt beendet, wir entrichteten den üblichen Tribut und genossen sodann den merkwürdigerweise ganz kostenlosen Anblick einer Quelle, von welcher der Führer schwor, dass sie über alle Begriffe sagenhaft und ihr Wasser das reinste der Welt sei. Es war Stil, aus dieser Quelle zu trinken, und eine tiefe Rührung überkam uns alle, als wir erfuhren, dass auch dies nicht mit den geringsten Kosten verknüpft sei. Herr Omnia hatte sofort einen silbernen Becher bei der Hand und bot den Damen von der klaren Fluth. Der dicke Herr aus Mecklenburg trank und prüfte mit Sorgfalt. „Hm," sagte er, „nicht übel, mit einem tüchtigen Schuss Kognak und etwas Zucker würde diese Flüssigkeit sich trinken lassen." Dann lachte er wieder, dass die Felsen hallten. Die Gabe der Selbsterheiterung war ihm in hohem Grade verliehen.

Als wir nun dem Abflusse des Wasserfalles weiter folgten, gelangten wir an den
Eingang einer engen Felsenschlucht, welcher
günstige Punkt von der Bude eines Wege-
lagerers besetzt war, der dem Wanderer
mit Holzwaaren und sogenannten Andenken
auflauerte. Hinter dieser Bude bemerkten
wir ein niedliches Mädchen mit nackten
Füssen, das wie eine Art Quellnixe am
rieselnden Bächlein sass und kleine Sträusse
aus Feldblumen wand. Aufs angenehmste
wurden wir wieder durch den Umstand
berührt, dass auch dieser Anblick gar nichts
kostete und dass weder das kleine Mädchen,
noch der Holzwaarenhändler den geringsten
Versuch machten, uns etwas zu verkaufen.
Ach wir wussten nicht, dass wir an diesem
Orte wieder auf dem Rückwege vorbei-
kommen würden und dass diese Leute für
jenen günstigeren Augenblick ihre Kräfte
sparten.

Mit der Beschreibung der verschiedenen
Merkwürdigkeiten, die wir noch zu besichtigen hatten, und aller jener Tagediebe

und bettelhaften Gesellen, die unter irgend einem Vorwande die Hand nach Backhschisch ausstreckten, will ich mich aber weiter nicht aufhalten, sondern nur noch berichten, was im Laufe dieser Zeit alles noch aus den unerschöpflichen Taschen des Herrn Omnia hervorkam. In der ungemein kalten und dunklen Höhle, die Todtengruft genannt, ein Thermometer, um die Temperatur zu messen, nebst einer Taschenlaterne. Ferner ein Schrittzähler und ein Aneroidbarometer, dann englisches Pflaster, als sich die schöne Nichte an einem scharfen Grashalme geschnitten hatte, und Nähzeug für die Tante, als ihr ein Dorn das Kleid zerriss. Sein Portemonnaie war ein labyrinthisches Wunderwerk mit unzähligen Taschen und Geheimfächern, und sein Messer hatte so viele Klingen zu jedem möglichen Gebrauche, wie ein Stachelschwein Stacheln. Dem alten dicken Herrn half er mit Hirschtalg aus, und als der Führer über Zahnweh klagte, brachte Herr Omnia eine vollständige Taschenapotheke zum Vor-

schein und zauberte mit einigen wunder-
thätigen Streukügelchen das Zahnweh fort.
Ich bin fest überzeugt, wäre Herr
Omnia unter den Zuhörern jenes Chemie-
professors gewesen, der in der Zerstreuung
seine Studenten fragte: „Ach, hat vielleicht
einer der Herren etwas nassen Lehm bei
sich?" Herr Omnia hätte geantwortet:
„Jawohl, Herr Professor, bitte, bedienen
Sie sich!"
Als dann in der grossen Höhle „der
Dom" genannt, der Führer seine gewohnte
Predigt halten wollte und die Tante über
Müdigkeit klagte, da entsetzte ich mich
fast, denn Herr Omnia nestelte nur ein
wenig an seiner Reisetasche und zog einen
länglichen Gegenstand hervor, der sich alsbald in einen bequemen Feldstuhl verwan-
delte. Beim Styx, das war ja der leibhaftige graue Mann aus dem Peter
Schlemihl, und ich hätte mich wahrhaftig
nicht gewundert, wenn Herr Omnia gerade
wie jener nun auch noch einen türkischen
Teppich, ein Lustzelt und drei Reitpferde

aus seinen Taschen hervorgeholt hätte. Mir war so, als hätte er schon manchmal heimlich nach meinem wohlgebautenSchatten geschielt, und ich hatte das Gefühl, ich müsste meine unsterbliche Seele ein Loch fester schnallen.

Als wir nach den Strapazen der Besichtigung der Felsenstädte uns in dem Gasthause zu Weckelsdorf mit Wein und Backhühnern stärkten, stellte sich heraus, dass unsere verschiedenen Reisepläne uns auseinander führten, dass wir aber alle vorhatten, uns fast zu derselben Zeit zu Schreiberhau in Schlesien aufzuhalten und längere Zeit dort zu verweilen. Mit dem Grusse „Auf Wiedersehen" trennte ich mich also von meinen Reisegefährten und wanderte allein nach Friedland weiter.

III.

Als ich nach einigen Tagen auf einem
holprigen Einspänner von Hirschberg nach
Schreiberhau fuhr und mich in der Geo-
graphie zu belehren trachtete, indem ich
den Kutscher nach den Namen eines mir
besonders auffallenden Berges fragte, da
ward mir die Antwort: „Der hat keinen
Namen, — hier hat's viele solche Berge."
Da er nun aber merkte, dass so eine hand-
greifliche Lüge zur Bemäntelung seiner
bodenlosen Unwissenheit ihm nichts half,
so schlug er eine andere Taktik ein, nannte
auf fernere Fragen irgend einen Namen,
der ihm gerade einfiel und brachte so das
ganze Riesengebirge wie Kohl und Rüben
durcheinander. Dazu ward sein sonderbares
Pferd zuweilen von den Gedanken an eine
glücklicher verlebte Jugend und kriegerischen
Erinnerungen an seine fern entlegene Sol-
datenzeit übermannt und legte sich dann
ohne allen ersichtlichen Grund mit scharfem
Ruck in die Sielen, so dass wir beide rück-

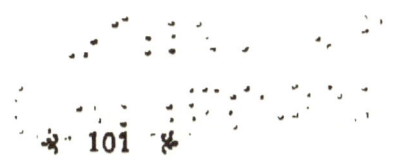

wärts gegen die Lehnen geschleudert wurden.
Alsbald aber gewannen wieder sanftere Gefühle in ihm die Oberhand, und dann
schläferte es wieder durch träumerisches
Dahinländern meine Vorsicht ein, bis ein
neuer, ganz plötzlicher Vorwärtssprung
mich wiederum in Schrecken setzte. Ein
so wahnsinniger alter Gaul ist mir sonst
niemals vorgekommen.

In Schreiberhau fand ich noch keinen
meiner Reisegefährten vor und hatte einige
Tage Gelegenheit, mich dem Studium dieses
merkwürdigen Dorfes zu widmen. Schreiberhau ist nach London der grösste Ort in
Europa, denn seine Länge beträgt 20,8
Kilometer, seine Breite 9,3. Berlin kann
sich nicht entfernt mit ihm messen, denn
schlägt man um diese Stadt einen Kreis
von 9 Kilometer Durchmesser, so sitzt man
schon überall in den Vororten. In der
Höhe übertrifft es das auf einen Präsentier-
teller gebaute Berlin noch bedeutender,
denn das höchste Haus liegt mehr als
tausend Meter über dem niedrigsten. Nur

in der Einwohnerzahl ist Berlin Schreiberhau ein wenig überlegen, etwa um andert-
halb Millionen, denn dieser Ort besitzt nur
an viertausend. Schreiberhau erstreckt sich
durch ungezählte Thäler, von zahllosen
Flüssen und Bächen ist es durchrauscht.
Es umschliesst Wälder und Einöden, Wiesen
und Felder, und die Anzahl der Hügel und
Felsen in seinem Bereiche kennt nur Gott
allein. Du wanderst immer innerhalb dieses
Dorfes durch die Einsamkeit des Waldes
stundenlang, wo du nichts vernimmst als
das Klopfen der Spechte und den Schrei
eines Raubvogels, endlich taucht wieder ein
einsames Gehöft vor dir auf. Du fragst:
„Wo bin ich?" „In Schreiberhau!" ist die
Antwort. Du willst mit Gewalt diesem end-
losen Orte entrinnen und keuchst schwitzend
weiter die Berge hinan bis dahin, wo die
Fichten verkrüppeln und das wunderliche
Krummholz sein zähes Zweiggeflecht aus-
breitet. Dort auf der Hochgebirgswiese
liegt eine Baude, bläulicher Rauch steigt
aus ihrem Schornstein. Wenn du an dem

gebräunten Holztische hinter deinem Eierkuchen und deinem Ungarwein sitzest,
fragst du die freundliche Wirthin, zu welchem
Orte diese Baude gehört. „Zu Schreiberhau!" antwortet sie gleichmüthig. Dann
wanderst du weiter auf die benachbarte
Höhe, den Pferdekopf, um die Aussicht zu
betrachten, und siehe da, sie besteht fast
ausschliesslich aus Schreiberhau. Alle diese
Thäler mit winzigen Häuschen punktiert
bis in die dämmernde Ferne und alles, was
auf dem gegenüberliegenden Iserkamm an
Menschenwohnungen hervorschimmert, alles
gehört zu Schreiberhau, denn dieser sonderbare Ort ist bis auf die Kämme zweier
Hauptgebirge Deutschlands, des Iser- und
des Riesengebirges, geklettert und füllt die
Thäler zwischen ihnen.

Dort wo sich die Hüuser dieses weit-
schweifigen Dorfes am dichtesten scharen,
liegt an der Chaussee Königs Hotel, in
dessen Nähe ich mich einquartiert hatte.
Von dort aus machte ich meine Entdeckungs-
reisen und fand bald wiederum bestätigt,

dass Schlesien eines der billigsten Länder der Welt ist. An einem kleinen Materialwaarenladen fand ich nämlich eine Inschrift, die mir schon mehrfach in der Gegend vorgekommen war. Sie lautete: „Echte Upmann, 5 Pfg. das Stück." Ich glaube, sonst nirgendwo in der Welt wird einem Gelegenheit geboten, so köstliche und werthvolle Zigarren zu ähnlich geringem Preise zu erwerben. Die Scheu jedoch, den Verkäufer, der offenbar den hohen Werth seiner Waare gar nicht kannte, zu übervortheilen, hielt mich ab, mit ihm in Geschäftsverbindung zu treten.

Als ich mich einige Tage in Schreiberhau aufgehalten hatte, trat dort das grosse Ereigniss ein, das sich nur mit den merkwürdigen Zügen der Heringe an den Küsten der Nord- und Ostsee vergleichen lässt, nämlich die Berliner und die anderen Grossstädter rückten ein, um den Eingebornen zur willkommenen Beute zu dienen. Diese Opfer des Kulturfortschrittes folgten alle dem seltsamen Zuge unserer Zeit, der

die Menschen antreibt, für einige Wochen
des Jahres aller gewohnten Bequemlichkeit
zu entsagen und sich einem gewissen frei-
willigen Märtyrerthum hinzugeben, während
dessen sie enger wohnen, schlechter speisen
und härter schlafen, als sie es sonst ge-
wohnt sind. In unzähligen Wagen, beladen
mit Koffern, Körben, Ammen, Bonnen,
Kindern, Doktoren, Geheimräthen, Kanzlei-
registratoren und den dazu gehörigen Frauen,
oder auch nur mit ganz gewöhnlichen
Menschen ohne jeden Titel kamen sie an
um die gewohnte Laichzeit und füllten alle
Wohnungen und Wege. Darunter befanden
sich auch viele von den jungen Gelehrten,
welche in Sexta, Quinta und Quarta an den
Krippen der Wissenschaft das dürre Heu
der Gelehrsamkeit kauen, und unter diesen
fand sich keiner, der nicht mit einem
Schmetterlingsnetze ausgerüstet war. Sie
mussten Schreiberhau für ein Eldorado der
Schmetterlinge gehalten haben und kamen
nun, um fürchterliche Musterung zu halten.
Aber ihre Enttäuschung war wohl sehr

gross, denn in dieser Gegend waren heuer
die Schmetterlinge nicht gerathen, und
soviel ich weiss, gab es dort nur zwei,
welche ich beide persönlich kannte. Den
einen traf ich am Abend des ersten Jagd-
tages, wie er düster brütend hinter einem
Felsblocke im letzten Scheine der Abend-
sonne sass. Der farbige Staub, der ihn
schmückte, war entschwunden, seine Flügel
waren seltsam ausgezackt, und ich sah ihm
deutlich an, dass er geneigt war, die Welt
für ein Jammerthal zu halten. Den andern
habe ich niemals wieder gesehen. Er wird
wohl noch desselbigen Tages hinüber-
gegangen sein in die ewigen Blumengründe,
wo die Rosen niemals welken. Dass sein
Schicksal ein düsteres war, ist mir nicht
zweifelhaft.

Die Wirthstafel in Königs Hotel füllte
sich, so dass die beiden fetten Kellner genug zu thun bekamen. Diese waren nämlich trotz der vielen Bewegung, die ihr
Geschäft mit sich bringt, zu einer merkwürdigen Fülle gediehen, obwohl sie beide

von ganz verschiedener Gemüthsart waren.
Der eine war ein Optimist und konnte seine
Gäste mit der freundlichsten Miene von der
Welt und dienstbereitem Lächeln ewig
auf das Bestellte warten lassen, während
der andere, dessen Gemüthsart dem Pessi-
mismus zuneigte, dasselbe Geschäft unter
fortwährendem Hadern gegen das Schicksal und Selbstgesprächen über das jammer-
volle Loos eines Kellners vollführte.

Um diese Zeit geschah es auch, dass
glänzend wie die Sonne und leuchtend wie
der Mond die behagliche Tante und die
schöne Nichte anlangten, um der Mittags-
tafel zu nicht geringer Zierde zu dienen.
Die Tante hatte wirklich etwas Sonnenhaftes
in der strahlenden Gutmüthigkeit ihres
runden Antlitzes, und man sah nie Schatten
auf ihren Zügen, ausser wenn die Nichte,
wie es zuweilen geschah, ihrer Mutter erwähnte. Dies fiel mir schon am ersten
Tage auf, als die Nichte aus einem Briefe
heraus, den sie las, erwähnte: „Vielleicht
kommt Mama auch noch auf ein paar Tage.“

Wie durch einen Zauberschlag wurden die
fast ewig lächelnden Züge der guten Frau
in Erstarrung versetzt, und mit weitgeöff-
neten Augen blickte sie angstvoll auf das
weiterlesende Mädchen hin. Es war ordentlich hübsch zu sehen, wie diese seltsame
Spannung sich legte und alsbald der gewohnte Sonnenschein zurückkehrte, als die
Nichte endlich sagte: „Sie hat sich's über-
legt und meint, sie könne doch nicht ab-
kommen." Ein langer Seufzer der Erleich-
terung, und die guten Augen lachten schon
wieder.

Am nächsten Tage war auch Herr
Omnia da und erfreute die lauschende Gesellschaft durch einen längeren Vortrag über
die einstige Vergletscherung des Zacken-
thales, nebst sinnreichen Bemerkungen über
Gletscher überhaupt und Gletscherschliffe
im besonderen. Als er dann in die Tasche
griff, erwartete ich schon, er würde irgend
einen gekritzten Felsblock zur Probe heraus-
ziehen, allein dieser verteufelte Mensch
brachte unsere Photographieen zum Vor-

schein, welche er vermittelst eines ver-
borgenen Taschenapparates in Adersbach und
Weckelsdorf heimlich aufgenommen hatte.
Durch eine Lupe betrachtet, erschienen die
kleinen Bilderchen sehr wohl getroffen, nur
das meinige war jammervoll und zeigte ein
geradezu blödsinniges Lächeln, ein Umstand,
der die Damen sehr erheiterte und
Herrn Omnia ganz besonders zu erfreuen
schien, indem er mit grosser Hartnäckigkeit
schwor, so etwas von Aehnlichkeit sei ihm
noch nie vorgekommen. Ueberhaupt standen
wir uns nicht zum besten miteinander, und
nur die Gegenwart von Nichte und Tante
verhinderte, dass es zu stärkeren Reibungen
unter uns kam. Im übrigen suchten wir
uns aus dem Wege zu gehen, allein da uns
beide in gleicher Weise das schöne Mädchen
anzog, wurden wir doch täglich oft sehr zu-
sammengeführt. Herr Omnia hatte eine
unangenehme Art, mich in jeder Hinsicht
zu übertrumpfen, und scheute dazu keine
Mühe, wusste auch seine Verdienste dabei
ins gehörige Licht zu setzen. Als ich eines

Abends den Damen zwei Sträusse wohl-
riechender Orchideen von einer zarten
Fliederfarbe überreicht hatte, trat er am
nächsten Vormittage schon ziemlich früh
mit zwei schönen Büscheln jener Anemone
an, die eine Hochgebirgspflanze ist und
auf dem Harze Brockenblume, auf dem
Riesengebirge aber wegen ihrer zottigen
Früchte Teufelsbart genannt wird.

„Mit einem schönen Gruss vom Eisbären," sagte er, als er die beiden Sträusse
überreichte. „Was," fragte die Nichte verwundert, „dort waren sie heute schon?"
Den „Eisbären" nannten wir wegen seiner
sonderbaren Form einen Fleck alten Winter-
schnees oberhalb der alten schlesischen
Baude, der, allmählich kleiner werdend, zu
uns ins Thal hinabschimmerte.

„Um vier Uhr früh brach ich auf,"
sagte Herr Omnia, „und in fünf Stunden
war die Sache gemacht. Ich dachte den
Damen etwas Besonderes zu bringen, und
nicht Blumen, die hier überall in den bequemen Wiesenthälern wachsen."

Mit dieser letzten Wendung zielte das
. Scheusal auf mich. Die schöne Nichte betrachtete liebevoll die schönen Blumen,
ordnete mit rosigen Fingern an dem Strausse
und vertiefte das feine Näschen in den
weissen Blütenschimmer.

„Anemone alpina," säuselte Herr Omnia
mit honigsüsser Stimme.

Mich plagte ein böser Geist, so dass ich
plötzlich herausfuhr: „Teufelsbart nennt
man diese Blumen hierzulande, sie duften
nicht und sind giftig."

Sie sah mich ganz erschrocken an, und
selbst die Tante blickte vorwurfsvoll auf
mich hin. „Ein hässlicher Name für so
schöne Blumen," sagte die Nichte, „Anemone
alpina aber klingt wie Musik."

Was sollte ich nun machen, ich war
wieder gänzlich aus dem Felde geschlagen.
Der lange, dürre Omnia war ein gewaltiger
Bergsteiger und Meilenfresser, ich aber war
wie Hamlet ein wenig fett und kurz von
Athem und sah mir die Berge am liebsten
von unten an. Sonst hätte ich wohl gewusst,

was zu thun war. Bei den Schneegruben,
die in vier Stunden zu erreichen waren,
wuchs das berühmte Blümchen „Hab mich
lieb" oder Primula minima, und in einem
scharfen Tagesmarsche konnte ich seiner
habhaft werden. Jedoch bei der herr-
schenden Julihitze hätte ich mich bei dieser
Hochgebirgsfahrt, glaube ich, in Atome
aufgelöst und zog es deshalb vor, diesen
Kampf beizeiten aufzugeben.

Im Laufe der Zeit gestaltete sich mein
Verhältniss zu Herrn Omnia immer un-
leidlicher. Dieser war auf den taktischen
Kunstgriff verfallen, meine Anwesenheit
gänzlich zu ignorieren und alles, was ich
sagte, als eine gleichgültige Erschütterung
der Luft gar nicht zu beachten. Er hielt
seine gewohnten langen gedrechselten Reden,
und gelang es mir, in einer Zwischenpause
irgend eine, wie ich meinte, treffende Bemerkung einzufügen, so unterbrach er mich
mit seiner schnarrenden Stimme, als wäre
es das gleichgültige Gackern eines Huhnes,
das er soeben vernommen, und fuhr

ganz unbeirrt in seinen Erläuterungen
fort. Ich ertappte mich jetzt zuweilen auf
dem inhumanen, und eines wohlerzogenen
Mitgliedes der menschlichen Gesellschaft
gänzlich unwürdigen, Gedanken, welch einen
unsäglichen Genuss es mir bereiten würde,
den Herrn Omnia mitten in einer seiner
langweiligen und selbstbewussten Reden
beim Genick zu ergreifen und mit der Nase
auf den Tisch zu stauchen. Dieser Gedanke
war gemein, aber er schwellte meine Seele
mit Wollust und spannte meine Muskeln
zur Kraft eines Berserkers. Das Beleidigende
und Aufreizende in den Reden des Herrn
Omnia bestand nämlich hauptsächlich darin,
dass er mit seiner oberflächlichen, aus
Zeitungen herausgelesenen Halbbildung
jeglichen zu belehren trachtete und dabei
nicht die geringste Rücksicht nahm, wen
er vor sich hatte. Ein riesiges Gedächtniss
befähigte diesen Schwätzer nämlich, soeben
gelesene Dinge fast wörtlich zu wiederholen
und seine Zuhörer mit vor kurzem erst er-

worbenen halbverdauten Kenntnissen aus
dem Kropfe zu füttern. Da ihm alles
andere gleichgültig war, wenn er nur reden
konnte, so richtete er sich an irgend einen
Beliebigen, belehrte Philologen über Sprach-
wissenschaft, Mediziner über die Anfangs-
gründe ihrer Kunst, Afrikareisende über
die Gewohnheiten der Neger und gab Re-
dakteuren Anleitung, wie man eine Zeitung
mit der Scheere herstellt. Als er einem
sehr behaglichen und netten Buchdruckerei-
besitzer, der neben mir sass, einmal ohne
Gnade das ganze Verfahren des Setzens,
Korrigierens und Druckens weitläufig be-
schrieben hatte, ohne Zwischenreden und
Einwände zu beachten und ohne sich darum
zu bekümmern, dass dieser in seiner Noth
und um sich zu retten mit mir ein Gespräch
über die künstliche Hühnerzucht anfing, da
zeigte dieser gute alte Mann mir, nachdem
Omnia endlich von ihm abgelassen und be-
gonnen hatte, einen Gutsbesitzer aus der
Magdeburger Gegend über den Rübenbau
und die Zuckerfabrikation zu belehren, da

zeigte mir diese Seele von einem Buch-
druckereibesitzer ein Messer unter dem
Tische, seine Züge verzerrten sich, und er
gab mir pantomimisch zu verstehen, dass,
Herrn Omnia den Hals abzuschneiden, zur
Zeit das einzige sei, was seiner gequälten
Seele Befriedigung zu verschaffen im stande
sei. Also beleidigend wirkte die Manier
dieses Schwätzers auf die meisten Tisch-
genossen, und nur Tante und Nichte schienen
stets in Bewunderung versunken; auf diese
beiden guten und sanften Kaninchen wirkte
er sichtlich mit dem Zauber der Schlange.

IV.

Eines Abends beschloss ich, am nächsten
Tage eine kleine Gebirgsfahrt über die
neue und alte schlesische Baude zu machen,
eine nicht zu anstrengende Tagestour. Ich
erzählte davon, und als Omnia dies hörte,
sah ich, wie er mit den Augen klappte.
In der Frühe machte ich mich auf und

hielt meine erste Einkehr im Wirthshause
zum Zackelfall. Ich sass dort in dem kühlen
Gastzimmer und führte mit dem Wirth das
Gespräch über seinen riesengrossen ausge-
stopften Auerhahn in dem viel zu kleinen
Glaskasten, ein Gespräch, welches der brave
Wirth schon neuntausendneunhundertneun-
undneunzigmal mit neuntausendneunhun-
dertneunundneunzig Riesengebirgsbesuchern
geführt hatte und welches immer etwa so lautet

„Sieh da, ein schöner Auerhahn!"

„O ja."

„Haben Sie den selbst geschossen?"

„O ja."

„Hier gibt's wohl noch viele Auerhähne?"

„O ja."

„Der Glaskasten ist aber ein bisschen klein!"

„O ja."

„Ein hohes Vergnügen, die Auerhahn-
jagd?"

„O ja."

Da ich nun also gerade der zehntausendste
war, welcher dies denkwürdige Gespräch
führte, so feierte ich dies Jubiläum durch

ein Extraglas Ungarwein und wanderte
weiter. Der Weg zur neuen schlesischen
Baude ist nun nicht gerade allzu steil, aber
für einen etwas völlig angelegten Menschen
gerade genügend, um seine Dampfspannung
zum Ueberdruck zu bringen. Windig gebaute Leute von 140 Pfund und weniger
mögen solche Berge hinauftänzeln wie die
Zicklein, dies sollte ihnen aber wohl vergehen,
müssten sie wie ich ausserdem noch 70 Pfund
Menschenschmalz mit sich schleppen. Ich
möchte wohl sehen, wie bürgermeisterhaft
sie sich dann bewegen würden, denn Fett
gibt Würde.

Als ich nun so stetig und unverdrossen
den Weg zwischen die Beine nahm und
reichliche Destillationsprodukte von meinen
Augenbrauen und dem Rande meines Hutes
tröpfeln liess, kam mir ein braver Berliner
entgegen, der von Schmiedeberg aus den
Weg über die Koppe und den Kamm
gemacht hatte, aber kaum einmal auf der
ganzen Strecke aus dem Nebel herausge-
kommen war und somit fast gar nichts

gesehen hatte. Um sich nun mit der Natur
in Einklang zu bringen, hatte er die vielen
Wirtshausgelegenheiten fleissig benutzt und
auch seinen inneren Menschen stetig in
Nebel gehüllt. Er war infolgedessen in
einer missvergnügten, aber mittheilsamen
Stimmung.

„Was nützt mir dat janze Jebirge,"
sagte er, „wenn sie keine Wolkenschieber
bei anstellen und man immer rumdusselt,
wie Lessing sagt: „Das Maulthier sucht im
Nebel seinen Weg." Oder war et Schiller?
Na, mir is et schnuppe. Wenn ick in Berlin
bei Nebel meinen Freund Lehmann fünf
Treppen hoch in de Kochstrasse besuche
und kieke da aus't Fenster, da hab' ick
janz detselbe. Und dann det ewige nutzlose
Klettern. Wenn man denkt, man ist ruff,
muss man wieder runn, und dann wieder ruff!
    „Da fragt man sich doch allemal,
    Warum die Welt so unegal?"
wie Scheffel sagt oder Wilhelm Busch oder
sonst einer von dio Brüder. Die janzen
Berge sind 'n Unsinn. Nee, da lobe ick

mir Berlin. Allens jlatt und sauber mit
Asphalt und Koppsteene. Und wenn da
mal 'n Berg is, is es 'n jemüthlicher Berg.
Kennen Sie 'n Pfefferberg?*) Was? Oder
'n Schinderberg?*) Was? Da liegt doch
wat drin. Was? — Na, verjnügten Nebel,"
schloss er dann und duselte weiter den
Berg hinab, um wahrscheinlich nach kurzer
Zeit mit dem Wirth am Zackelfall das zehn-
tausend und erste Gespräch über den Auerhahn zu führen.

Als ich die neue schlesische Baude erreichte, schien es mir, dass ich mehr Glück
haben würde als dieser Berliner, denn die
Luft war ziemlich klar und nur über die
Ferne ein leichter Dunst gebreitet. Ich
bestellte mir dort den gebräuchlichen Eierkuchen, während zwei Megären im Nebenzimmer die Harfe schlugen und auf einer
Guitarre trommelten, und ein männliches
Wesen mit dem Aeusseren eines Gewohn-

---

*) Zwei bekannte Restaurationslokale in
Berlin, die ihre Namen tragen von der winzigen
Erhöhung, auf der sie liegen.

heitstagediebes die Zither dazu wimmern
liess, so dass die Göttin der Musik weinend
ihr Haupt verhüllt hätte, wäre sie zugegen
gewesen. Aber dazu war sie viel zu klug —
sie befand sich zur Zeit in Pegli am Ufer
des Mittelmeeres und gab meinem Freunde
August Bungert herrliche Melodien ein.
Nach genügender Stärkung machte ich
mich wieder auf, um den kleinen, schon
vorhin erwähnten Seitenabstecher nach dem
Pferdekopfe zu machen und das ungeheure
Schreiberhau in seiner ganzen Ausdehnung
zu geniessen. Die Aussicht war ziemlich
verschleiert; aus dem weisslichen Grün der
Thäler schimmerten die Häuser wie ver-
schwommene Punkte hervor, der Hochstein
war in Dunst gehüllt und das ferne Hirsch-
berger Thal ein unkenntlicher Dämmer.
Um den Gipfel des Reifträgers hatten sich
Wolken gelagert. Auf dem Rückmarsche
nach dem eigentlichen Kammwege verfiel
ich einem Irrthume, dessen Opfer wohl
schon mancher gewesen ist. Man konnte
eine so beträchtliche Ecke abschneiden,

wenn man quer über das wiesenartige, mit einzelnen Steinblöcken und Gruppen von Krummholzkiefern bedeckte Land ging. Zuerst machte es sich auch ganz gut, aber bald ward der Boden sumpfiger, zwischen den einzelnen mit Krummholz bewachsenen Kufen stand das Wasser, und leises Quellgerieael tönte überall. Ringsherum machten sich die Wasserpieper vernehmlich, jene angenehmen Singvögel, die erst von der Region des Krummholzes ab die Gebirge bewohnen. Es klang, als machten sie sich über mich lustig.

Plötzlich war die Sonne fort, und leise und geisterhaft schwebte ein sanfter Nebel herbei, im Nu die Welt in Schleier hüllend. Ich machte, dass ich zurückkam auf den ebenen kenntlichen Weg. Als ich die eigentliche Kammstrasse wieder erreicht hatte, zauderte ich, ob ich weiter gehen sollte. Rings war alles in Nebel getaucht und keine Ferne mehr kenntlich. Ganz in der Nähe lag die soeben verlassene Baude; fröhliches Getöse, Gläserklingen und Harfen-

gesumme klang von dort her. Sollte ich
in diese unbekannte Nebelwelt hineintauchen,
wo ich doch nichts vom Gebirge sah und
mich zudem gar leicht verirren konnte?
Aber der Weg streckte sich so sauber, ver-
trauenerweckend und kenntlich vor mir her,
und kurz entschlossen schritt ich vorwärts.
Es lag ein eigner geheimnissvoller Reiz
über dieser Wanderung. Ringsum der stille
Nebel zwischen dem niederen Krummholz,
und nur einige Vogelstimmen oder zuweilen
ein sanftes Rieseln und Plätschern fliessenden
Wassers waren vernehmlich. Dann wurden
in der Ferne Stimmen laut und tönten
näher und näher. Blasse Gestalten, scheinbar riesengross, tauchten in dem Nebel auf,
kamen näher, verkleinerten sich zu gewöhnlicher Menschengrösse, nahmen be-
stimmte Umrisse, Formen und Farben an,
und unter Leitung eines hochbepackten
Führers zog mit lustigen Scherzen und
galgenhumoristischen Bemerkungen über den
Nebel eine Wandergesellschaft an mir vorüber. Ich blickte mich um, sah die Leute

wieder im Nebel verschwimmen und lauschte
im Weiterschreiten auf die allmählich ver-
hallenden Stimmen, bis es wieder ganz still
war. Ich hörte nun keinen Vogel mehr
und kein Wassergeriesel, nur das Geräusch
meiner eignen Schritte und das leise Rauschen
meiner Bekleidung. So ging ich eine lange
Strecke in scheinbar unendlicher Einsamkeit,
bis ich plötzlich mit einem Schreck zu-
sammenfuhr, der mir gleich hinterher komisch
erschien. Mitten im dicksten Nebel setzte
plötzlich eine Drehorgel ein und verpestete
das heilige Schweigen der Natur mit dem
Schunkelwalzer. Ich war heute mild gestimmt durch die nebliche Einsamkeit, und
als ich dem emsig kurbelnden Greise nahekam,
opferte ich ihm mehr als gewöhnlich. Noch
lange verfolgte mich, allmählich in der Ferne
ersterbend, die reichlich bemessene Anzahl
von Tönen, welche mir der gewissenhafte
Orgeldreher als Gegengabe schuldig zu sein
glaubte. Dann wieder Einsamkeit, Nebel
und Schweigen. Manchmal fanden meine
Schritte stärkeren Wiederhall. Dann tauchten

in der weisslichen Dunstfluth ragende
Schatten auf, deren Formen allmählich be-
stimmter wurden und sich als seltsam zerklüftete, übereinander gethürmte Felsblöcke
darstellten. Sie warfen den Schall meiner
Schritte mit metallischem Klange zurück
und versanken dann wieder hinter mir in
Dunst. So war ich lange gewandert, ohne
jemandem zu begegnen, darum begrüsste ich
mit Freuden den Schritt eines mir ent-
gegenkommenden Wanderers, den ich nach
dem Wege befragen konnte. „Immer ge-
radeaus," war die Antwort, „nachher geht's
links ab." Die Sache schien ja sehr einfach
zu sein, und ich wanderte sorglos weiter,
ohne allzuviel auf den Weg Achtung zu
geben.

Ich mochte wohl schon seit zwei Stunden
die neue schlesische Baude verlassen haben,
da schien es mir, als ob der Weg zu meinen
Füssen minder kenntlich sei als vorher, und
als ich noch eine Strecke weitergeschritten
war, konnte ich einen eigentlichen Pfad
nicht mehr mit Bestimmtheit erkennen.

Sollte ich von der Hauptstrasse, ohne es zu merken, abgekommen sein? Ich folgte einer Richtung, die mir am meisten begangen zu sein schien, allein bald gerieth ich in wüstes Steingeröll, und der Boden senkte sich sehr merklich. Mir schien es nun das sicherste, auf den alten gut kenntlichen Weg zurückzukehren und dort mein Heil zu versuchen. Aber ich fand ihn nicht wieder und gerieth anstatt dessen in ein Dickicht von Krummholzkiefern, das undurchdringlich war; nur ein schmaler Gang zog sich pfadartig dadurch hin. Diesem folgte ich und gerieth in quelliges Terrain; bald schimmerte blankes Wasser in kleinen Lachen vor meinen Füssen. Ich musste wieder zurück, hatte mittlerweile die Richtung ganz und gar verloren und suchte planlos nach einem Ausweg aus dieser Wüste von Krummholzkiefern, quelligem Boden, Sumpf und Steingeröll. So ging es nicht weiter. Ich erhob meine Stimme zu lautem Rufe, in der Hoffnung, eine Antwort zu erhalten.

Wie dünn erklang mein Schrei in dem
weiten Nebelmeer; er schien auf der Stelle
darin zu versinken, und es kam keine Antwort. Fast zwei Stunden hatte ich nun
schon nach dem Wege gesucht und nichts
erreicht, ich war müde und hungrig, denn
fünf und eine halbe Stunde war ich bereits
gegangen, ausser einem Eierkuchen hatte
ich noch nichts Wesentliches an dem Tage
genossen, und die Mittagszeit war längst
vorüber. Unwillkürlich kamen mir einige
Verse aus dem Gedichte eines Freundes in
die Erinnerung, die also lauten:

„Was thut in solchem Fall ein Mann?
Er brennt sich eine Pfeife an,
Dass tröstlich ziehn um Nase
Die bläulichen Verbrennungsgase."

Eine Pfeife hatte ich zwar nicht, wohl
aber eine Cigarre. Ich setzte mich auf
einen Stein, um eine Weile zu ruhen,
und blies gedankenvoll bläuliche Wolken
von mir, die alsbald in dem Meere des
Nebels verschwammen. Nachdem ich unter

Grübeln über meine verdriessliche Lage die
Cigarre ausgeraucht hatte, blieb mir weiter
nichts übrig, als aufs neue nach dem Wege
zu suchen. Endlich musste ich ihn doch
finden, und dann wollte ich besser auf ihn
achtgeben. Es gelang mir jetzt wenigstens
auf dem Trocknen zu bleiben und etwas
zu entdecken, das einem Wege ähnlich sah,
doch kam ich nur langsam vorwärts, weil
ich immer auf der Hut sein musste. Nach
einer weiteren Stunde, als ich gerade auf
einer weichen Moosdecke dahinschritt und
mein Geist mit der Vorstellung eines üppigen
Beefsteaks erfüllt war, geziert mit krausen
Zwiebellöckchen, während ich zugleich den
löblichen Vorsatz in mir ausreifen liess, in
der ersten Baude, die ich träfe, drei Glas
Bier hintereinander hinabzugiessen, um
diesen Berserkerdurst einigermassen zu
dämpfen, da wehte plötzlich ein leiser Luftzug deutlich den Duft von etwas Gebratenem
zu mir her. Ich hielt dies zuerst für eine
Hallunkzination der aufgeregten Sinne, gewissermassen für eine Fata Morgana der

Nase, bestimmt, den hungrigen Wanderer
in dieser Nebelwüste grausam zu täuschen,
allein als ich stehen blieb und eifrig windete,
merkte ich bald, es konnte keine Täuschung
sein.

„Hallo!" rief ich in den Nebel hinaus.

„Hallo, hier!" antwortete eine bekannte
Stimme ganz in der Nähe, und als ich hin-
zuschritt, erblickte ich Herrn Omnia, der
höchst komfortabel im Schutze eines Felsens
auf seinem Feldstuhle sass und zwischen
den Steinen auf seinem Spiritusschnellkocher
etwas schmorte, das den schönsten Duft
verbreitete. Ich schätzte diesen Herrn ja
sonst nicht sehr hoch, allein in diesem
Augenblicke war er mir ein lieblicher Anblick, zumal ich allerlei angenehme Ess-
waaren, Blechbüchsen mit konserviertem
Braten und dergleichen vor ihm aufgebaut
sah. Auch eine vierkantige Glasflasche mit
einer rothbraunen Flüssigkeit fiel mir wohl-
thätig auf, denn ich hegte den entzückenden
Verdacht, dass sie mit Portwein gefüllt sei.
Ein Tässchen Bouillon aus Fleischextrakt,

gewürzt mit Suppenkrautelixir, dampfte
schon neben Herrn Omnia, und von Zeit zu
Zeit schlürfte er behaglich davon. So sass er
mitten im Nebel und in der Wildniss, umgeben von allen Schätzen des Delikatessen-
ladens, und pflegte sich.

„Ich habe mich verlaufen," sagte ich,
„und sehne mich sehr nach einem Wirths-
haus, denn Hunger und Durst sind gross.
Können Sie mir vielleicht den Weg oder
die Richtung angeben zur alten schlesischen
Baude?"

„Ich weiss ebenfalls nicht, wo ich mich
befinde," sagte Omnia, „obwohl ich von der
alten schlesischen Baude herkomme, um
den umgekehrten Weg zu machen wie Sie.
Im Nebel hat sich schon mancher verirrt,
ich könnte Ihnen viele Beispiele davon erzählen. Jedoch will ich es heute unterlassen.
Ich kann aber nicht umhin, Sie aufmerksam
zu machen, wie übel Sie daran thaten, sich
nicht mit einigem Mundvorrath zu versehen.
Ich begebe mich nie auf eine Fusstour,
ohne auf alle Fälle gerüstet zu sein. Denn

erstens kann es so gehen wie heute, zweitens
sind die Wirthshäuser oft miserabel, drittens
ist man unabhängig, und viertens weiss
man, was man hat."

Der Braten, köstlicher Rehrücken, war
jetzt warm, Herr Omnia trank seine Bouillon
aus, nahm das Fleisch von der Flamme
und setzte eine zweite Dose mit konservierten
Champignons aufs Feuer, nachdem er reichlich Butter hinzugethan hatte. Sodann,
um den Appetit zu reizen, nahm er aus
einer verschraubbaren Büchse zwei Oelsar-
dinen und verzehrte sie behaglich, „Canaud"
sagte er dabei, „die beste Marke!"

Wahrhaftig, diesem verhärteten Scheusal fiel es nicht im Traume ein, mich ein-
zuladen, und doch sah ich noch zwei ge-
schlossene Blechbüchsen dastehen. Auf der
einen stand Beefsteak, auf der anderen
Hasenbraten.

Omnia verzehrte seinen Rehrücken,
rührte zwischendurch in den schmorenden
Champignons und trank ein Schlückchen
Portwein, es war herzbrechend anzusehen.

Wahrhaftig, nun verstand ich Esau und
seinen dummen Handel mit dem Linsen-
gericht. Ich war auch ein Erstgeborener,
und wie gern hätte ich alle damit verbun-
denen Rechte heute für eine Portion Beefsteak verkauft! Aber leider war meine
Erstgeburt nicht mehr werth als eine ab-
gestempelte Groschenmarke.

„Dergleichen versteht man jetzt merkwürdig," sagte Herr Omnia, „dieser Reh-
braten ist fast wie frischer."

Ich fasste mir ein Herz. „Herr Omnia," sagte ich, „würden Sie sich be-
reitfinden lassen, mir gegen entsprechende
Vergütung einiges von Ihren Vorräthen
abzulassen?"

„Ich treibe keinen Handel," sagte dieser
und machte sich über die lecker duftenden
Champignons her. Es bereitete ihm sichtbar ein teuflisches Vergnügen, mich, den er
hasste und auf den er wahrscheinlich auch
eifersüchtig war, auf diese Weise zu elenden.
Ich fühlte etwas von der Wuth eines Wehr-

9*

wolfes in mir aufsteigen, und kurz entschlossen wendete ich mich und rannte ziel-
los in den Nebel hinaus, ohne viel auf den
Weg zu achten.

„Ha," dachte ich, „wenn ich ein Tyrann
wäre mit despotischer Macht, dann wüsste
ich, was ich thäte. Ein Schloss wollte ich
bauen in der schönsten Gegend des Landes,
ausgerüstet mit allen Bequemlichkeiten, mit
herrlichen Kunstschätzen, schwellenden
Polstern, himmlischen Betten,Springbrunnen
von Rosenwasser und durchfluthet von allen
Wohlgerüchen Arabiens. Ueberall sanfte
verborgene Musik, tanzende schöne Mädchen
in leichten Flor gehüllt, schnäbelnde Tauben
und singende Nachtigallen. In dieses Schloss
würde ich Herrn Omnia setzen, wohlbewacht,
dass er nicht entrinnen könnte, jedoch zu
essen und zu trinken bekäme er weiter
nichts als Gurkensalat und Weissbier. Ausschliesslich morgens, mittags, abends, und
des Sonntags zur Abwechselung vielleicht
manchmal etwas Honigkuchen und Pflaumen-
kompot."

Trotzdem ich in solche scheusälige Gedanken ganz vertieft war, bemerkte ich
doch, dass ich plötzlich wieder einen ganz
ordentlichen Weg unter den Füssen hatte;
und kaum war mir das klar geworden, als
der Nebel vor mir dünner wurde, gleich
als würde er von der Luft eingesogen, und
mit einem Male lagen wie ein Land seliger
Verheissung sonnbeglänzte Thäler und
waldige Abhänge vor mir. Ich stand ganz
nahe an der ziemlich steil abfallenden Alm-
wiese, an deren unterem Ende die alte
schlesische Baude gelegen ist, und dort lief
ja auch der neuangelegte Zickzackweg, der
zu ihr hinführte. Muth und Feuer kamen
wieder über mich, und mit schnellen Schritten
stieg ich eilfertig hinab, um alsbald bei
Rührei mit Schinken und einer bauchigen
Flasche vortrefflichen Ungarweines die aus-
gestandenen Strapazen zu vergessen. Ein
Blick, den ich vorher noch zur Höhe sendete, zeigte mir, dass noch immer der ganze
Gebirgskamm in ein brauendes Geschiebe
dichter Wolken gehüllt war und wohl nur

durch einen glücklichen Zufall sich für mich
diese Lücke geöffnet hatte.

Ueber die Kukuksteine kam ich nachher in anderthalbstündiger Wanderung noch
vor Eintritt der Dunkelheit in Schreiberhau
wieder an. Tante und Nichte sassen im
Hotelgarten, und Entsetzen zeigten ihre
Züge, als sie erfuhren, dass ich Herrn Omnia
im Nebel dort zurückgelassen hatte. Die
Gründe, weshalb ich, Hunger im Magen
und Groll im Herzen, von ihm geflohen war,
erschienen jetzt so lächerlich für mich, denn in
der Erzählung wirkt dergleichen gewöhnlich
ausschliesslich komisch, dass ich sie gar nicht
mittheilen mochte. In den Augen der
beiden Damen stand ich darum nun da als
ein kalter, grausamer Egoist. Die Nichte sah
mich feindselig an, und die Tante fand mein
Benehmen in dieser Angelegenheit mindestens
nicht schön. Es ward mir nicht geglaubt,
als ich sagte, dass Herrn Omnia gar nichts
an meiner Theilnahme gelegen gewesen sei
und ich mich ihm doch nicht hätte auf-
dringen können, und als ich dann schilderte,

wie höchst behaglich und üppig er dort zu
Mittag gespeist habe, erregte das nur Bewunderung für diesen Herrn und die unerschöpflichen Hilfsmittel, die ihm in
seiner unvergleichlichen Reiseausrüstung
zu Gebote standen, mir aber brachte es
nicht den geringsten Nutzen, und es kam
mir fast vor, als ob meine Rolle bei diesen
beiden guten Leuten jetzt ausgespielt sei.
So hatte mich dieser elende Schwätzer und
Egoist ausser seiner schlechten Behandlung
auch noch anderweitig zu Schaden gebracht,
und eine teuflische Freude würde es ihm
gewährt haben, wenn er das gewusst hätte.

Am anderen Tage war Herr Omnia
ganz frisch und munter wieder da. Er
hatte, wenn auch einige Stunden später als
ich, ebenfalls den Ausweg aus dem Nebel
gefunden, und da schon der Tag bereits
sich neigte, war er in die alte schlesische
Baude zurückgekehrt und hatte dort die
Nacht zugebracht. Er übersah sofort die
günstige Lage, in welche dies Erlebniss ihn
gebracht hatte, und benutzte die Zeit so

gut er konnte, indem er noch am selben
Tage um die Hand der Nichte, die eine
Erbin war, anhielt. Augenblicklich wartete
man scheinbar in ziemlich ängstlicher Stimmung auf die Entscheidung der Mutter,
der sofort die ganze Angelegenheit brief-
lich mitgetheilt worden war. Dies er-
fuhr ich am folgenden Tage von einem
anderen Tischgast, den man in die
Sache eingeweiht hatte. Schreiberhau war
plötzlich ohne Reiz für mich. Ich packte
meine Sachen, nahm mir einen Wagen und
fuhr über die Grenze nach Böhmen, um
dort den Rest meines Urlaubes zu verbringen und meinen Gram mit Backhühnern
und rothem Ofener zu bekämpfen.

⊰⊱

V.

Ich hatte Herrn Omnia schon fast vergessen, wenigstens lange Zeit nicht an ihn
gedacht, als mir etwa nach fünf Jahren

meine Wirthin eine Karte überreichte, die ein Versicherungsagent, der mich einzufangen gedachte, zurückgelassen hatte. Der Name dieses Agenten war Adalbert Schermäusel, und man wird sich erinnern, dass dies der eigentliche Name des Herrn Omnia war. Mein Groll war unterdessen verflogen, und mich plagte die Neugier ganz ausserordentlich, zu sehen, was aus ihm geworden und wie es mit seiner Heirath ausgeschlagen war, und ich beschloss, ehe er seinen Besuch wiederholen konnte, ihn in seiner Häuslichkeit aufzusuchen, denn seine Adresse war auf der Karte angegeben. Er wohnte in einer der neuen Strassen in der Nähe des zoologischen Gartens.

Als ich mit der Pferdebahn dort hinfuhr, sass mir gegenüber eine alte Dame, die sofort anfing, einen geradezu dämonischen Reiz auf mich auszuüben. Niemals in meinem Leben hatte ich den Ausdruck des absolut Bösen in einem Gesichte so ausgesprochen gefunden. Zwei harte braungelbe Augen schauten unruhig aus tief-

liegenden Höhlen hervor wie spähende
Wölfe, und um den schlaffen, etwas grossen
Mund zuckte es fortwährend wie von unter-
drückter Tollwuth. Sie sass da, als er-
warte sie von allen Seiten Angriff und
Beleidigung und sei bereit, diese aus ihrem
reichen Vorrath von Gift mit Zinsen zurück-
zugeben. Wenn die Augen ein Spiegel der
Seele sind, so sagten diese Augen, dass in
dieser Seele keine Gnade wohne, und wenn
in den Adern dieses Weibes nicht Ratten-
gift floss, so ahne ich nicht, was es sonst
hätte sein können. Ich wusste nun mit
einemmal haarscharf und ganz genau, wie
des Teufels Grossmutter aussieht, wenn sie
auf Erden kleine Besorgungen zu machen
hat.

Es stieg ein Ehepaar aus dem Hand-
werkerstande ein mit einem kleinen hübschen Mädchen von etwa drei Jahren. Das
Kind und die bescheiden und nett aus-
sehende Frau kamen neben der Dame zu
sitzen, der Mann ihnen gegenüber. Alsbald
musterte das furchtbare Weib das niedliche

kleine Mädchen von der Seite mit einem
wahren Menschenfresserblick, als dächte sie
darüber nach, mit welcher Sauce es wohl
am besten zu verzehren wäre, und als das
Geschöpfchen nach Kinderart schüchtern
und neugierig nun zu seiner Nachbarin empor-
sah, erschrak es so über diesen Blick, dass
es sich ängstlich an seine Mutter schmiegte.
Dabei kamen aber seine Füsschen mit dem
Kleide der alten Dame in Berührung, und
nun hätte man sehen müssen, mit welch
einer Gebärde wüthenden Abscheues diese
die Falten des Kleides zusammenraffte, um
es vor dieser Berührung zu retten. Alsbald
sagte sie mit einer widrigen, durchdringenden
Stimme, ohne jemand dabei anzusehen:
„Wenn unerzogene Kinder mit schmutzigen
Füssen in die Pferdebahn mitgenommen
werden, so hat die Person, die sie zu
beaufsichtigen hat, darauf zu achten, dass
solche Geschöpfe nicht absichtlich ihre un-
reinlichen Stiefeln an den theuren Kleidern
anderer Leute abwischen."

Wie sie das Wort „Person" aussprach,
war wirklich hörenswerth. In dem Munde
dieser Frau ward das Wort zu einem Gefäss
bis zum Rande gefüllt mit Gift und töd-
licher Beleidigung. Die arme kleine Frau
ward ganz bleich vor Schreck, zog ihr Kind
an sich, nahm es auf den Schooss und um-
schlang es schützend mit den Armen.
Nebenbei waren seine kleinen unschuldigen
Stiefelchen so blank und so rein wie po-
liertes Ebenholz. Der Mann ward ebenfalls
zuerst bleich, dann aber dunkelroth, schnappte
ein wenig nach Luft und blickte zornig auf
die alte Dame hin, die in stiller Bosheit
vor sich hinstierte. Dann kam es zum
Ausbruch. „Wie können Sie sich unter-
stehen, hier von Person zu reden?!" sagte
er mit einer Stimme, die vor Zorn bebte.
„Wenn Sie nicht eine alte kümmerliche
Frau wären, dann würde ich Sie anders
antworten. Verstehn Sie mir?"

Damit hielt er eine schöne breite, aus-
gearbeitete Grobschmiedsfaust empor und bewegte sie in bezeichnender Weise hin und her.

„Kondukteur! Kondukteur!“ schrie jetzt
die alte Dame mit kreischender Stimme,
„setzen Sie diesen Mann aus dem Wagen,
er droht mir mit Schlägen. Ich bin eine
unbeschützte Frau und wehrlos gegen solche
Rohheit!“

Der Schaffner, der den ganzen Vor-
gang beobachtet hatte, zuckte mit den
Achseln.

„Ich kenne Ihren Direktor!“ kreischte
die Alte. „Sie werden nicht lange mehr
Kondukteur sein. Ihre Nummer habe ich
mir schon gemerkt. Betrunkene Leute
haben Sie aus dem Wagen zu setzen!“
Der brave Handwerker war kaum noch zu
halten, obwohl ihm seine Frau in die Arme
fiel. Doch zum Glück kam jetzt der Wagen
an eine Haltestelle, wo die wüthige Dame
aussteigen musste, was unter Segenswünschen
der übrigen Insaassen des Wagens geschah,
die ich hier nicht wiederholen will, denn
aus Albertis Komplimentierbuch waren sie
nicht entnommen. Ich musste hier ebenfalls den Wagen verlassen und sah die Alte

vor sich hin schnaubend wie eine Dampf
abblasende Lokomotive auf einen Materialwaarenladen zusteuern, dessen Inhaber gerade
behaglich in der Thüre stand und die Hände
umeinander reibend ins Wetter guckte. Es
war merkwürdig zu sehen, wie er blass
wurde und seine Hände an ihm herabsanken,
als er die alte Dame zu Gesicht bekam und
inne ward, dass sie seinen Laden mit ihrer
Gegenwart beehren wollte. Herr Theophil
Birkenstock, denn so hiess dieser Mann
nach seinem Schilde, schien auch schon
seine Erfahrungen gemacht zu haben.

Ich traf Herrn Adalbert Schermäusel,
der ein paar Häuser von dieser Haltestelle
wohnte, zu Hause und er war sichtlich erfreut, mich wiederzusehen, wahrscheinlich
aber nur, weil er mich als leichtes Opfer
für seine Ueberredungskünste betrachtete, der
Lebensversicherungsgesellschaft beizutreten,
deren Agent er war. Denn alsbald begann
er mit grosser Zungengeläufigkeit, mir die
ungeheuren Vortheile auseinanderzusetzen,
welche diese Gesellschaft gewähre. Ein

Punkt, auf den er immer wieder zurückkam und den er als eine glanzvolle Neue-
rung und als einen Vortheil pries, den
keine andere Gesellschaft biete, war der,
dass es mir, wenn ich einige wenige Jahre
die Prämie bezahlt habe, freistehe, mich auf
jede mir beliebige Art umzubringen, ohne
dass dies ein Grund sei, meinen Erben die
bedungene Versicherungssumme vorzuent-
halten. „Sie sind doch verheirathet?“ fragte
er dann. — „Nein,“ sagte ich, „aber Sie
doch wohl?“ — „Nun ja, Sie wissen ja,“
erwiderte er dann, und ein leichter Schatten
flog über seine Züge. — „Wie geht es Ihrer
werthen Frau?“ fragte ich. — „Gut, gut,“
war die etwas abwehrende Antwort, „sie
ist augenblicklich bei ihrer Tante, die Sie
ja auch kennen, und ihre Mutter, die bei
uns lebt, hat die Güte, mir so lange die
Wirthschaft zu führen.“

Ich hörte jetzt draussen einen Schlüssel
in der Korridorthüre drehen und sah, wie
Schermäusel erblasste. Gleich darauf öffnete
sich seine Thür und zu meinem tödlichen

Schrecken trat mein Gegenüber aus dem
Pferdebahnwagen ein, schnaubend vor Wuth.

„Bei Birkenstock wird nie wieder etwas
gekauft," schrie die alte Dame, „er ward
unverschämt gegen mich, als ich seine
Butter probierte und ihm auf den Kopf
zusagte, es sei alles Margarine. Die Kauf-
leute sind alle Betrüger. Wer ist der Herr?"

Schermäusel stellte mich vor: „Herr
Abendroth, ein alter Bekannter aus Schreiberhau."

„Was haben Sie für ein Geschäft?"
fragte die Alte barsch wie ein Thorschreiber
aus alter Zeit.

„Ich bin Journalist," sagte ich.

„So'n Zeitungsschreiber," sagte sie, „ver-
dienen Sie gut in dieser Branche?"

„Soviel ich brauche!" war meine Antwort.

„Ist kein reelles Geschäft, sie sind alle
Lügner. Ich kannte auch früher mal einen,
der war verheirathet und hatte fünf Kinder,
war ein Hungerleider und Lump und lebte
von Schulden."

Das war ja eine nette alte Dame. Schermäusel wand sich wie ein Wurm, ward
blass und roth, aber schwieg.

„Ich denke, Adalbert," sagte sie dann,
„es ist hohe Zeit, dass du wieder an dein
Geschäft gehst. Der Herr kann dich ja bis
an die Pferdebahn begleiten."

So was Deutliches war mir noch nicht
vorgekommen. Ich schützte eine dringende
Verabredung vor und empfahl mich schleu-
nigst. Adalbert Schermäusel begleitete mich
bis an die Thür, schaute sich scheu
um, hob die Augen zum Himmel, zog die
Schultern hoch und seufzte tief. Es lag die
ganze Qual eines bis auf den Tod gepeinigten
Sklaven darin, der aus seinen Ketten keine
Rettung sieht.

Ich hatte Mitleid mit ihm. Armer
Adalbert Schermäusel! Armer Omnia, was
für ein Nihil bist du geworden!

LORELEI.

10*

Er hiess Heinrich Tannhäuser und war wie sein halb sagenhafter Namensvetter ein fahrender Sänger, wenigstens so ein Stück davon. Seine Wanderlust hatte ihn noch nirgends ausdauern lassen; in verschiednen Städten Deutschlands und Italiens hatte er gelebt und gewirkt, komponiert und gedichtet, doch nirgendwo war er auf die Dauer geblieben. Zu seiner Doppelbegabung als Wort- und Tondichter kam noch, dass er eine leidliche Stimme besass und sehr gut Klavier spielte, insonderheit auch als Improvisator seines Gleichen suchte. In den Städten, wo er bekannt war, liess er sich denn auch zuweilen bewegen, ein Konzert zu geben zur grossen Ergötzung derer, die Vergnügen am Besondern haben, das man nur selten hört

und sieht. Denn einen solchen Tausendsassa,
der sein ganzes Konzert als Dichter, Kom-
ponist, Sänger, Klavierspieler und Improvisator allein bestritt, fand man nicht alle
Tage, zumal da alle diese Leistungen sich
über das Gewöhnliche erhoben, ja zum
Theil sogar sehr hohen Ranges waren.
Weil er sich nun aber wohl hütete, aus
diesen Künsten ein Gewerbe zu machen,
vielmehr im Stillen emsig weiter an seiner
Ausbildung und an grossen musikdrama-
tischen Werken arbeitete, so kam es, dass
sein Name weniger genannt wurde, als er
es verdiente, und dass die grossen Schaf-
darmstreicher, Tastenhauer und Stimmritzen-
Virtuosen, die eben weiter nichts gelernt
hatten als ihr einseitiges Handwerk, geneigt
waren, ihn über die Achsel anzusehen. Denn
in diesem Zeitalter der Spezialisten ist man
von vornherein geneigt den, der mehr kann als
ein Ding, für einen Dilettanten zu halten.

Dies kümmerte aber Heinrich Tannhäuser sehr wenig, und er lebte ruhig so
weiter, wie es ihm behagte im sichern Ver-

trauen, dass sich in Zukunft schon ausweisen
werde, was an ihm sei. Bei seiner Be-
dürfnisslosigkeit erwarb er sich mit Leich-
tigkeit soviel, wie er brauchte, that, was
ihm behagte, und lebte, wo es ihm gefiel;
und da es gerade in Berlin im Herbst nicht
übel ist, so hatte er sich einmal wieder in
dieser mächtigen Stadt, wo ihm viele gute
Freunde wohnten, eingefunden und in der
Westvorstadt sich zwei behagliche Zimmer
gemiethet.

Eines Tages im Oktober, da der Himmel
glänzend blau und rein war, und die Luft
würzig und frisch, fuhr er hinaus nach der
Station Grunewald, um den schönen Herbst-
nachmittag im Freien zu verbringen. Im
Grunewald ist es wie überall in der Welt;
wenn man nicht den beliebten Bierstrassen
folgt, kann man bald in der Einsamkeit und
aus dem Bereiche des niedergetretenen
Rasens, der Eierschalen und Butterbrots-
papiere sein. Der junge Mann wusste von
früher her einen grünen Fusspfad, der
schliesslich über die Eisenbahnbrücke nach

Westend führte, und diesen fand er auch
glücklich wieder. Nachdem er eine Weile
tapfer vorwärts geschritten war, umfing ihn
die Stille des Waldes. Der letzte Dreh-
orgelton war verhallt und selbst der Donner
der fahrenden Eisenbahnzüge war hier nicht
mehr vernehmlich. Ueberall war es einsam
und grün, und zwischen den röthlichen
Kieferstämmen, deren unendliche Wieder-
holung sich wimmelnd in die Ferne verlor,
floss das Sonnenlicht still hernieder. Nicht
weit vom Wege stand ein Rudel Damwild;
an zwanzig Köpfe waren aufmerksam unserm
einsamen Spaziergänger zugewendet. Als
dieser, scheinbar ohne sich um die bunten
Thiere viel zu kümmern, weiter schritt,
senkten sie wieder die Köpfe und zogen
ruhig äsend weiter. Jetzt that sich zur
Seite eine kleine Lichtung auf, und der
junge Mann wandte seine Schritte dorthin,
um in dem weichen Grase eine Weile zu
ruhn. Hier schwebten noch einige späte
Schmetterlinge, fliegenderSommer schwamm
in der sonnigen Luft, und zwischen den

Stämmen ringsum hatten Kreuzspinnen ihre
Netze gebaut, deren Fäden wie Silber
glänzten. Der junge Mann streckte sich
nieder, und während er die Hände unter
das Hinterhaupt legte, zogen gleich den
silbernen Sommerfäden Melodien durch
seinen Sinn. Er hatte den Tag über in
Erks Volksliedern studiert, und nun kam
die Nachwirkung davon. Es waren nicht
die Klänge, die draussen in der Welt für
das höchste gelten, sondern einfache Weisen.
Der Ausspruch Storms im „Immensee" ging
ihm durch den Kopf: „das sind Urtöne,
sie schlafen in Waldesgründen; Gott weiss,
wer sie gefunden hat." Fürwahr, wie schaal
kam ihm in diesem Augenblicke manches
vor, das er selbst mit Feuer und Begeistrung
im Herzen geschrieben hatte, wie hohl vor
dieser edeln Einfalt, holden Schalkhaftigkeit
und verhaltnen Leidenschaft. War nicht
die Kunstproduktion oft zu vergleichen
einem durch Pumpwerke hoch getriebnen
Springbrunnen, während hier ein Quell
daher rieselte, freiwillig entsprungen aus

dem Herzen der Natur, weil er nicht anders konnte? So sass er lange und summte und sang vor sich hin in der Einsamkeit, während ein zartes Säuseln durch die Kiefernwipfel ging und der Tag sich langsam neigte. Endlich erhob er sich und wanderte weiter. Er gelangte auf die Chaussee und über die Eisenbahnbrücke in den sandigen und dürftigen Kiefernwald unmittelbar vor Westend. Bald erreichte er die ersten Häuser, wo sich diese traurige Einöde durch Kunst und sorgliche Pflege unvermittelt in üppige Gärten, schwellende Rasenflächen und laubigen Schatten verwandelt, und schlenderte zwischen den zierlichen Landhäusern dahin, die im rothen Schmuck des wilden Weins oder von dunkelm Epheu umsponnen so behaglich dalagen und in ihren Fenstern den letzten Glanz der versinkenden Oktobersonne freundlich wiederspiegelten.

Da schlugen aus einem Hause, das in besonders reicher Gartenumgebung schön und vornehm dalag, durch das geöffnete Fenster Töne an sein Ohr, die eine

fast elektrische Wirkung auf ihn ausübten.
Zur Begleitung eines Flügels sang dort
eine angenehme weibliche Stimme ein leiden-
schaftliches Lied, ein solches, das Sturm
und Aufruhr der heftigsten Gefühle dar-
stellte; allein sie sang es ganz falsch in
einem zu langsamen Tempo und mit günz-
lich unverstandenem Ausdruck. Das
konnte niemand besser beurtheilen als
Heinrich Tannhäuser, denn das Lied war
von ihm.

„Oh — oh — oh", dachte er fast laut,
„müssen doch die kleinen Mädchen immer
gerade solche Sachen singen und spielen,
denen sie nicht gewachsen sind."
Seine träumerische Stimmung war von
ihm gewichen und die gewöhnliche Leb-
haftigkeit seiner Empfindungen, die ihn so
oft schon zu schnellem Handeln getrieben
hatte, kam wieder zum Vorschein. „Rascher,
rascher!" murmelte er und schlug unwillkürlich den Takt, „und dann heraus mit der
Stimme! O du grundgütiger Schöpfer, es
handelt sich hier nicht um kleine Pensions-

mädchengefühle, sondern um Katarakte,
die von Felsen niederbrausen. Aber was
weiss diese sanfte Lämmerseele von den
Stürmen einer Menschenbrust!"

Er hatte unter dem Fenster Halt gemacht
und sah nun zufällig, dass die Thür dieses
Landhauses nicht verschlossen, sondern leicht
angelehnt war, und erinnerte sich zugleich,
dass er kurz zuvor ein hübsches Dienst-
mädchen aus dem Hause hatte über die
Strasse huschen sehen. Den jungen Komponisten befiel ein übermüthiger Gedanke.
„Ich werd's ihr mal vorsingen!" sagte er vor
sich hin, und fast in demselben Augenblicke
war er auch schon auf dem schöngeschmückten
Hausflur. Er klopfte an die Thür, hinter
der der Gesang erschallte, allein da man
ihn nicht hörte, trat er schnell ein. Der
Gesang und das Spiel ward plötzlich unterbrochen, und von dem Flügel erhob sich
ein schönes und schlankes junges Mädchen,
das aus grossen, schwarzbraunen Augen
mit Verwundrung und zugleich ein wenig
Schreck auf ihn hinschaute.

„Mein gnädiges Fräulein," sagte Tann-
häuser mit grosser Schnelligkeit, „verzeihen
Sie, dass ich hier so plötzlich eindringe.
Ich hörte Sie ein Lied singen, das mir wohl
bekannt ist. Sie haben eine schöne sym-
pathische Stimme, aber dies Lied singen
Sie grundfalsch. Erlauben Sie nur einen
Augenblick, ich will Ihnen das beweisen!"
Und damit schritt er ohne Weiteres auf
den Flügel zu.

Das junge Mädchen that im ersten
Schreck ein paar Schritte und hatte schon
die Hand nach dem Klingelzuge des Haus-
telegraphen ausgestreckt, als ihr einfiel,
dass sie allein zu Hause sei und das einzige
Mädchen, das zu ihrer Bedienung geblieben
war, soeben auf eine Besorgung fortgeschickt
habe. Und als sie zögerte, ob sie auf die
Strasse hinauslaufen und um Hilfe rufen
sollte, denn dieser Mensch war offenbar
wahnsinnig, da ertönten auch schon die
ersten Akkorde und Läufe und bannten sie
fest, als sie schon die Thürklinke in der
Hand hatte. Und nun, als das Lied begann,

gesungen von einer Stimme, die zwar nicht
gerade schön war, durch die Kunst und
die hinreissende Wärme des Vortrages dies
aber ganz vergessen liess, als mit gewaltiger
Steigerung diese kleine leidenschaftliche
Tonschöpfung vor ihr aufstieg, da trat sie
unwillkürlich einige Schritte näher, süsse
Schauer überliefen sie, und die schönen
braunen Augen verschleierten sich von
Thränen. Ja das war richtig, das Lied
musste anders gesungen werden, als es ihr
noch soeben vorgekommen war. Und obwohl
sie in Konzerten die berühmtesten Künstler
gehört hatte, die in letzter Zeit in Berlin
aufgetreten waren, so schien ihr doch, solche
Musik, die so unmittelbar aus der Seele quoll,
hätte sie noch nie vernommen.

Als der wunderliche Mensch dort am
Flügel nun sein Lied beendet hatte, liess
er die Begleitung langsam verrauschen, die
Wogen der Leidenschaft legten sich all-
mählich, und nur noch wie mit funkelnden
Lichtern flimmerte es auf einer beruhigten
See. Und während er nun leise und sanft

weiter spielte, dazwischen allerlei Motive
aus Volksliedern anschlug und leicht variierte,
sprach er in abgerissenen Sätzen, indem er
sich halb nach der jungen Dame umwandte:
„So ungefähr muss das Lied gesungen
werden .... Aber für Sie ist das nichts ....
Sie kriegen die Forsche nicht raus ....
Uebrigens ein vorzüglicher Westermeier Ihr
Flügel .... Sind meine Lieblingsinstru-
mente .... Man kann darauf so pianissimo
spielen, dass man es kaum noch hören
kann .... Achten Sie mal auf" ...
Und nun glitten seine Finger wie ein
Frühlingshauch über die Tasten, und doch
zeichnete sich klar und bestimmt das zarte
Tongebilde ab.

Das junge Mädchen hatte noch kein
Wort gesprochen, denn so etwas Ver-
blüffendes war ihr noch nie begegnet. In
den Kreisen, wo sie sich bewegte, ging alles
so wundervoll förmlich und geschniegelt zu,
und wenn sie dort einmal in Gesellschaft
etwas sang, so konnte es sein, was es wollte,
immer kamen die Herren Referendare und

säuselten wohllautende Komplimente, die
Leutnants schlugen mit hörbarem Ruck die
Hacken zusammen und dankten für den
hohen Genuss, und die jüngern und ältern
Damen hauchten: „Entzückend!" — einen
Ausdruck, den sie besonders lieben, weil er
einen kleinen Mund macht. Und nun kam
dieser wildfremde, unvorgestellte Mensch
hier plötzlich hereingebrochen, sagte ihr
Grobheiten und benahm sich ganz als wenn
er zu Hause wäre. Und doch konnte sie
ihm nicht zürnen. Wie sonderbar! Es war
etwas Leuchtendes und Siegreiches in seinem
Wesen, das für ihn einnahm, und offenbar
war er auch ein grosser Künstler, das ging
aus der genialen Sicherheit hervor, mit der
er das Instrument und seine Stimme be-
herrschte. Aber sie nahm alle ihre Würde
und Hoheit zusammen, suchte einen strengen
Ton in ihre Stimme zu legen und sagte:

„Ich danke Ihnen aufrichtig, mein Herr,
für die Belehrung, die Sie mir ertheilt haben,
aber . . . ."

„O bitte, bitte," fuhr der junge Mann dazwischen, „ich hätte mich ja weiter über die Sache gar nicht aufgeregt, wenn Sie nicht wirklich eine anmuthige Stimme hätten. Aber Sie müssen etwas anderes singen, als solche Sachen. Sie müssen einfache, herzliche Lieder singen, Volkslieder zum Beispiel."

Es war noch hell draussen, doch begann schon die schmale silberne Sichel des Mondes siegreich aus dem Abendroth hervorzutreten.

„Was nehmen wir denn nun gleich? Jawohl die Lorelei, die kann jeder. Passen Sie auf, ich mache eine kleine Einleitung, und wenn ich Ihnen zunicke, dann legen Sie los!" Sofort begann er zu spielen, während das Fräulein wiederum aufs Aeusserste verblüfft sich vornahm, so stumm zu bleiben wie ein Fisch. Aber das Vorspiel zog sich etwas in die Länge, und eine wunderbare Stimmung kam über sie, als sie den Tönen folgte. Sie sah ihn ruhig dahinfliessen, den alten Rhein, sie hörte das sanfte Rauschen seiner Wellen, und eine süssmelancholische Abendstimmung, wie sanfte Erinnerung an alte

vergangne Zeiten lag darüber hingebreitet.
Allmählich trat die Melodie des Liedes
hervor, immer deutlicher und dringender,
und endlich, als der junge Mann mit halber
Seitenwendung freundlich auffordernd nickte,
da setzte das schöne Mädchen ein, halb
gegen ihren Willen, aber sie musste:

Ich weiss nicht, was soll es bedeuten,
Dass ich so traurig bin . . . .

Wie sang es sich herrlich zu dieser Begleitung, die in zarten Tonbildern den Text
des Liedes malerisch begleitete und auf
spielenden Wellen ihre Stimme dahintrug
wie einen leichten Kahn im Schimmer des
Abendroths. Der Klavierspieler nickte zuweilen beistimmend und voller Wohlwollen,
und als das Lied beendet war, liess er wie
traumverloren die Begleitung ausklingen,
indem er die Melodie des Liedes in kunst-
voller Weise variierte. Durch das Fenster
schaute die leuchtende Sichel des Mondes
freundlich herein.

Dann erhob er sich schnell, verbeugte
sich und sprach:„ Das war sehr schön, mein

Fräulein! Ich danke Ihnen. Und nun, da
ich meine Mission erfüllt habe, erlaube ich
mir, mich Ihnen vorzustellen." Er nahm
eine Karte heraus und überreichte sie ihr.

„Heinrich Tannhäuser," las sie verwundert und ihre Augen glitten fragend zu dem
Namen des Komponisten auf dem Lieder-
hefte, aus dem sie vorhin gesungen. „Sie
selbst?"

Der junge Mann verbeugte sich zustim-
mend. Da ging ein schalkhaftes Leuchten
über das Antlitz des schönen Mädchens,
sie eilte zu einem Tischchen, nahm eine
kleine Tasche auf und eine Karte hervor,
die sie dem Komponisten mit erwartungs-
voller Miene überreichte.

„Lore Ley."

las dieser zu seiner lächelnden Verwunderung.

„Sie selbst?" fragte er dann launig „fürwahr, ich habe Sie mir immer blond vorgestellt!"

*　*　*

Diese kleine Geschichte habe ich meinem Spürsinn zu verdanken, der angeregt wurde, durch eine Anzeige, die ich vor Kurzem in der Vossischen Zeitung las. Eine sonderbare Zusammenstellung von Namen erregte meine Neugier, und ich ruhte nicht eher, bis ich das kleine Abenteuer in Erfahrung brachte, das ich soeben erzählt habe.

Die Anzeige aber lautete:

Lore Ley,

Heinrich Tannhäuser,

Verlobte.

ETWAS VOM „BOETEN".

In einem stillen schönen Juniabend sass ich mit meinem Freunde, dem Gutspächter, Johann Nebendahl, unter den blühenden Linden vor seiner Hausthür. Ausser dem Gesumme der Bienen, die im letzten Abendstrahle noch thätig waren, vernahm man nur zuweilen das satte Brummen der Kübe aus dem benachbarten Viehhause und das Schrillen der Schwalben, die sich um die Dächer jagten. Dazwischen tönte manchmal das dumpfe Rollen und klirrende Klappern der Erntewagen, denn das letzte Heu ward eingefahren, und auf dem ganzen weiten Hofe war ein sanfter Duft nach diesem vortrefflichen Stoffe verbreitet. Allmählich versank die Sonne in goldrothem Abenddunste, und von diesem leuchtenden Hintergrunde schwarz sich abhebend,

schwankte das letzte Fuder herein. Das
Bienengesumme war allmählich verstummt,
und statt der Schwalben tauchten Fleder-
mäuse irrenden Fluges aus dem Schatten
der Stallgebäude in die sanfte Helligkeit des
Abendhimmels. Abgeschirrte müde Pferde
wurden über den Hof geleitet, mit schweren
Tritten gingen Arbeiter und Knechte der
Abendmahlzeit zu, und so lag bald alles
rings in Dämmerung und Stille, nur dass
von fern ein eintöniger Chor der Frösche
herübertönte.

Jetzt kam noch ein schwerer Schritt von
den Stallgebäuden her. Es war der Vogt,
welcher die Schlüssel brachte, um sie in der
Stube des Herrn an den Riegel zu hängen.
Dann tauschte dieser Mann mit meinem
Freunde einige Bemerkungen aus über die
Vorgänge des Tages und erhielt Anweis-
ungen über die Arbeiten des nächsten. Als
er dann gehen wollte, zögerte er noch eine
Weile und sagte: „Ja, un wat ick noch
seggen wull — weck von dei Köh hebben
Maden."

„So?" sagte Herr Nebendahl.

„Ick heww't Balowsch all seggt," fuhr der Vogt fort.

„Is god!" erwiderte mein Freund, und der Mann ging.

Als seine Schritte in der Ferne verhallt waren, sog Nebendahl einige stärkere Züge aus seiner langen Pfeife, nahm einen Schluck Rothwein, räusperte sich und sagte: „Is doch schnurrig. Ich möcht' woll wissen, was die Altsche für'n Mittel hat."

„Wofür oder wogegen?" fragte ich.

„Nu, gegen die Maden. Wenn ihr das gesagt wird, so kann man sicher sein — in zwei oder drei Tagen sind sie weg. Die Leut' sagen, sie geht bloss des Abends im Schummern an das Viehhaus, macht die Thür ein bischen auf und ruft hinein: „Uns' Veih hett Maden!" Dann geht sie wieder nach Hause, un am andern Morgen is alles in Ordnung. Na, das is ja natürlich Unsinn, aber wahr is, dass sie die Kühe in ganz kurzer Zeit kuriert; wie sie's macht, weiss der Deubel. Blut stillen un Krankheiten besprechen oder böten, wie sie hier sagen, kann sie auch, un das Sieb laufen lassen, un was solche Künste mehr sind."

„Wissen Sie Genaueres von solchen Geschichten?" fragte ich, denn diese Dinge haben mich von jeher angezogen.

„Na, was wollt' ich nich?" sagte mein Freund, „mir hat ja früher eine andere alte Frau mal mit Böten das Leben gerettet. Aber das is eine zu schnurrige Geschicht', un ich muss noch immer lachen, wenn ich da bloss an denk'." Und damit brach er in ein donnerndes Gelächter aus, wie ich es von keinem Sterblichen sonst in solcher Vollendung gehört habe. Für sein ungeheures Lachen war mein Freund berühmt, und wenn er sich einmal an einem stillen Sommerabend wie heute im Freien recht tüchtig amüsierte, so wusste man im Umkreise einer halben Meile, dass Herr Nebendahl vergnügt war.

Ich bat natürlich um diese schöne Geschichte, und mein Freund war auch gleich bereit, sie zu erzählen.

„Als ich noch Inspektor in Grambow
war," begann er, „da sass ich eines Sonn-
tagnachmittags auf der Bank vor der Thür,
rauchte meine kurze Pfeif' und simelierte
über die Wirthschaft. Kommt da ein altes
schlumpiges Weib auf den Hof mit Stock
und Bündel, und Kleid und Tuch aus lauter
Flicken und bettelt mich an. Ich sag':
‚Kann sei nich arbeiten?' Da fing das alte
Reff an zu weimern un sagt': „Ach, min
leiwe Herr, ick bün jo so ungesund un heww
alle Suchten, un so'n Rioten in'n Kopp, un
so'n Bewern in dei Knei, un so'n Sangeln
in dei Knoken. Un wenn ick wat et, denn
steht mi dat vör dei Bost un sleit mi nich
an. Un dorvon bün ick so machtlösig un
holl dei Arbeit nich ut un möt snurren
gahn.'

„Ich weiss nich, weshalb ich grad auf
den Einfall kam, aber das hexenartige Aus-
sehn der Frau bracht' mich woll drauf, dass
ich fragte: ‚Hett sei dat denn nich mal
mit Böten versöcht? Dei Arbeit is doch
nich tau swer.'

„Die alte Person machte ein ganz schnur-
riges Gesicht und sagte: ‚Wünscht heww
ick dat all lang, min leiwe Herr, äwer nümms
will mi dat lihren.‘

„Mir fiel plötzlich ein Spottvers auf das
Böten ein, den ich in meiner Kindheit oft
gehört hatte, und die Laune trieb mich an,
der Frau die mangelnde Belehrung zu geben.
‚Dat will ick ehr woll bibringen,‘ sagt’ ich.
‚Pass’ sei mal god up, wat ick vör’n Vers
segg. So geht hei:

> „Böt, böt, böt!
> Dei Kreih hett Föt,
> Dei Kreih hett’n langen Start,
> Dat di bald wedder beter ward!
> Böt, böt, böt!
> Helpt et nich, so schad’t ok nich!

Dorbi makt sei drei Krüzen, un dat is’t all.‘
„Nie hätt’ ich gedacht, dass sich ein Gesicht so verändern könnt’, wie das von dieser
alten Frau. Sie wurd’ ganz roth vor Aufregung, und ihre Augen glummerten ordentlich.

„Ick birr Sei, Herr,' rief sie, ‚ick birr
Sei gor tau sihr — seggen S' mi dat noch
mal.' Na, ich that ihr ja nu auch den
Gefallen, un sie plapperte andächtig nach,
was ich ihr vorsagte. Dann rief sie: ‚So,
nu weit ick't, leiwe Herr, un ick bedank mi
ok gor tau vel Mal.' Damit wollte sie
gleich fort. Ich schenkte ihr aber noch 'n
Schilling un schickte sie in die Küch', dass
sie sich da 'n bisschen Essen geben lassen
sollt'.

„Nachher sah ich die alte vermissquemte
Person noch einmal, als sie wieder wegging.
Sie war noch immer in Aufregung, so dass
sie mich gar nicht bemerkte, un betete fortwährend den dummen Vers vor sich hin,
als hätt' sie Angst, dass sie ihn vergessen
möcht'. ‚Na,' dacht' ich, ‚wenn die nu man
blos nicht das Kurieren kriegt un mit diesem
blödsinnigen Vers den ‚Leiden der Menschheit' un allen möglichen Krankheiten unter
die Nase geht. Das soll mich doch mal
wundern, da hätt' ich ja was Schön's an-
gericht't.' Na, ich tröstete mich aber wieder

mit dem letzten Satz von meinem Vers':
,Helpt et nich, so schad't ok nich!'

„Bald nach dieser spassigen Geschicht',
an die ich vielleicht nie wieder gedacht hätt',
wär' ich nicht später noch mal schnurrig
dran erinnert worden, verheirathete ich mich,
übernahm diese Pachtung un bekam mächtig
viel Arbeit, denn ich hatt' genug zu thun,
dass ich mit meinen geringen Mitteln un
bei den mässigen Jahren über Wasser blieb.
Na, jetzt geht es ja, un ich bin so ziemlich
zufrieden, aber damals stand es doch manchmal höllisch auf der Wipp'. Als ich die
Pachtung nun so 'n Jahrer sechs gehabt
hatt', da kam mal 'n Jahr, wo in der
ganzen Gegend ganz barbarisches Korn gewachsen war. Aber ganz besonders bei mir
— ich sag' Ihnen, die Leute kamen von
weither, um meinen Weizen zu sehen. Na,
dacht' ich, Johann, wenn dies all gut geht,
das kann dich rausreissen. Aber was muss
da los sein? Mitten in der Weizenernt',
als ich's grad besonders bild hatt', da krieg'
ich 'n Geschwür in'n Hals. Er geht mir ganz

zu, un ich kann nicht ordentlich schlucken un muss mir mein bischen Essen mit Gewalt reinwürgen. Ich schick' endlich nach'n Doktor. Der kommt un zuckt die Achseln un sagt, das wär' 'n interessanter Fall, aber nichts für ihn. Das wär' 'ne ganz kniffliche chirurgische Sach', damit könnt' er sich nicht befassen, da müsst' ich so schnell als möglich mich aufn Wagen setzen un nach Rostock fahren zum Professor. Na, nu denken Sie sich, mitten in der Weizenernt', wo ich keinen Inspektor hatt', sondern man zwei Lehrlinge, die eigentlich jeder den ganzen Tag einen Wächter bei sich zu stehen haben mussten, der aufpasste, dass sie kein dumm Zeug machten. Als ich nu sagte, das ginge nich, da zuckte der Doktor wieder mit den Achseln un meinte, 'n anderen Rath könnt' er mir nich geben, schrieb mir noch 'ne theure Medizin auf un fuhr wieder ab. Na, ich nehm' ja auch die Medizin, aber es wurd' immer schlimmer. Am anderen Tage ging's auch schon nicht recht mehr mit dem Luft kriegen, un manchmal dacht' ich, ich

müsst' sticken. Meine Frau hatt' mir schon
immer in den Ohren gelegen, ich sollt' doch
mal zu der alten Frau in Gammelin schicken,
die sich auf das Böten verstünd'. Man
könnt' doch mal den Versuch machen, un
die Frau hätt' doch schon so vielen geholfen.
Nich allein zu den Tagelöhnern un Bauern,
nein auch zu den Herrschaften in der ganzen
Umgegend würd' sie geholt, un dolle Ding'
würden erzählt von ihren Kuren. Die Frau
wär' früher bettelarm gewesen, aber dann
hätt' sie das Böten angefangen, un nu wär'
sie schon ganz wohlhabend. Sie hätt' 'n
klein hübsch Haus mit 'n schönen Garten,
ne feine Kuh, 'n paar Staatsschweine, un
'n ihrem Bettstroh sollt' sie 'n mächtigen
Strumpf bis oben voll lauter harte Thaler
zu liegen haben. Den Strumpf soll sie sich
extra dazu von der Krügerfrau in Kritzkow
haben schenken lassen, was nämlich die
grösste un dickste Person in der ganzen
Gegend is un Waden hat wie'n Mastbaum.

„Na gut, meine Frau is wieder bei un
bearbeit't mich, un ich will natürlich nich,

da klopft es mit eins, un die Thür geht auf, un eine alte, sauber angezogene Frauensperson kommt 'rein. Hat meine Frau die Altsche aus Gammelin heimlich kommen lassen, un als ich nu noch nich will, sondern ruf', es sollt' angespannt werden, ich wollt' auf Deubelhol nach Rostock jagen zum Professor, da fängt meine Frau an zu weinen, un das kann ich nicht aushalten. Un da mir nu grad' die Luft wieder weggeht, dass ich mächtig jappen muss, da denk' ich denn. Helpt et nich, so schad't ok nich!' un sag', sie sollt' man ihre Künste machen.

„Nu kommt das alte Wesen 'ran mit seiner spitzen Nas', so salbungsvoll un feierlich wie so'n Kirchhofsgespenst un bückt sich über mich un fängt an was herzubeten, ganz leis', aber ich versteh' es doch, un das war 'n Glück, denn sonst hätt' 's vielleicht nich geholfen:

,Böt, böt, böt!
Dei Kreih hett Föt,
Dei Kreih hett'n langen Start,
Dat di bald wedder beter ward!
Böt, böt, böt!
Helpt et nich, so schad't ok nich!'

„Un richtig, als ich ihr ins Gesicht seh',
da erkenn' ich die alte Bettlersch wieder
von damals, nur dass sie in einem besseren
Futterzustand war als früher un sich 'n
bisschen staatscher aufgezäumt hatt'. Un
als ich nu dran dacht', dass diese alte Person
all ihre berühmten Kuren mit meinem Jökel-
vers gemacht hatt', un dass ich nu selber
dran glauben sollt', da musst' ich, obgleich
mir kreuzmiserabel zu Muth war, so furchtbar lachen wie noch nie in meinem ganzen
Leben. Un Sie wissen doch, dass ich darin
was leisten kann. Un ich lach' los, dass
sich die Balken biegen, dass die Fenster
klirren, un der ganze alte Kasten von Haus
das Bebern kriegt. Un da mit eins is es
mir, als wenn sich was löst in mein'm Hals,
un nu kommt ein Hustenanfall, der gar kein
End' nehmen will. Na, als ich nu endlich
ausgehust't hatt', da war mir der Hals frei,
un ich konnt' Luft kriegen un schlucken wie
sonst, denn von dem fürchterlichen Lachen
war das Geschwür von selbst aufgegangen,
un ich war kuriert.

„Ja, natürlich, da hatt' das Böten mal
wieder geholfen, wo der Arzt nichts aus-
richten konnt', un Sie können sich denken,
wie geschwollen die Alte war un stolz auf
diese Wirkung. Un der Ruhm von dieser
Frau is natürlich von nu an noch grösser
geworden, un wenn ich auch jedem erzähl',
der es hören will, wie die Geschicht' zu-
sammenhängt, so hilft das gar nichts, denn
jeder Gläubige oder vielmehr Abergläubige
sagt dann: ‚Nu, es hat ja aber doch wirklich
geholfen!‘ Ja, was soll ich da machen?
Gegen so einen richtigen soliden Aberglauben
kommt man nicht an, da kann man eher
ein Panzerschiff mit Hühnerschrot in den
Grund bohren!“

So erzählte mein Freund Nebendahl und
lachte noch einmal so, dass fern im Dorfe
die Tagelöhner, welche beim Abendessen
sassen, sich anstiessen und sagten: „Nu hürt
doch mal blos, wo uns' Herr· hüt abend
wedder vergnäugt is!“

THÜRINGISCHE KARTOFFELKLÖSSE.

Eine Burleske nach dem Leben.

Das Leben jedes echten Thüringers ist gleichsam mit einer Perlenschnur von Kartoffelklössen durchflochten, und seine Augen leuchten, wenn er nur den Namen dieses für ihn so köstlichen Gerichtes aussprechen hört.

Ganz besonders in der Fremde nimmt der Kartoffelkloss für ihn einen geradezu symbolischen Charakter an, er bedeutet ihm die Heimath mit all dem Lieblichen, Holden und Trauten, das für den trotzdem so wanderlustigen Deutschen mit diesem Worte verknüpft ist, und haben sich irgendwo in der weiten Welt Thüringer um dies köstliche Gericht zusammengefunden, so verzehren sie es mit lyrischen Empfindungen, und den weicheren unter ihnen werden die Augen feucht. Angehörige des kräftigen und aus-

dauernden Volksstammes der Thüringer sind
über die ganze Welt verbreitet, und überall,
wohin sie gelangen, vermögen sie zu gedeihen,
sofern das Land Kartoffeln hervorbringt.
Denn die grünen Berge, die rauschenden
Wälder, die lieblichen Thäler, die rieselnden
Bäche seines Heimathlandes vermag der
Thüringer zu entbehren, nicht aber das
köstliche Gericht, an dem die holdesten Erinnerungen seiner Jugend haften. Davon
hat mein Freund, der Afrikareisende Doktor
Elgersburg, selbst ein geborner Thüringer,
ein höchst sonderbares Beispiel berichtet.
Als dieser vor einigen Jahren den Kongo
hinauffuhr, gelangte er an eine Station, wo
man ihn mit Freuden begrüsste, als man
hörte, dass er ein Arzt sei, denn einer der
dort angestellten Europäer, der, wie sich
bald zeigte, ebenfalls von Geburt ein Thüringer
war, lag schwer krank darnieder, und keines
der in der Stations-Apotheke vorhandenen
Mittel wollte ihm helfen. Man führte den
Doktor Elgersburg zu dem Kranken, und
dieser erfahrene Arzt wusste auf den ersten

Blick, was seinem Landsmann fehle. Als die wohlbekannten Laute des heimischen Dialektes an das Ohr des Patienten schlugen, ging ein schwaches Lächeln über seine schlaffen Züge, und in seinen Augen leuchtete etwas wie Hoffnung auf. Doch dies matte Licht erlosch bald wieder, und mit müder Stimme sprach er dann: „Sie können mir doch nicht helfen, Herr Doktor, es geht zu Ende. O, wär' ich doch nie in dies infame Land gekommen!"

„Nur Muth, lieber Landsmann!" sagte der Arzt, „so schlimm steht die Sache denn doch nicht. Passen Sie nur auf, die Geschichte wollen wir bald haben."

Dann ging er hinaus zum Chef der Station und sprach zu dem: „Ganz einfache Diagnose. Der Mann hat Heimweh. Der Mann ist Thüringer. Sind Kartoffeln am Ort?"

Es zeigte sich, dass von der letzten europäischen Proviantsendung noch deren 50 Liter vorhanden gewesen waren, allein diese hatte man zur Aussaat bestimmt, und am

Tage vorher gerade waren sie in die Erde
gekommen.

„Hier handelt es sich um ein Menschen-
leben!“ rief der Arzt, „da müssen unbedingt
ein paar Liter wieder ausgekratzt werden!
Anders kann ich den Mann nicht retten.“
Kopfschüttelnd schickte der Stationschef
auf das energische Drängen des Doktors ein
Negerweib hin, und binnen kurzem kam
dieses mit einem Korbe voll Kartoffeln zurück. Als nun diese geschält wurden und
solch wohlbekanntes Geräusch, sowie das
taktmässige Plumbsen der fertig geschälten
Knollenfrüchte in den Mücheneimer hörbar
ward, da war es merkwürdig zu sehen, wie
eine sanfte Röthe über das Gesicht des
Kranken im Nebenzimmer zog, und wie sich
seine Ohren spitzten gleich denen eines
Schlachtrosses, das den Klang der Kriegs-
trompete vernimmt. Und als nun gar eine
Reibe herbeigeschafft und die Kartoffeln ge-
rieben wurden, da richtete er sich ein wenig
auf einem Arm empor und strich sich wie
träumend mit der Hand über die Stirn.

„Nun, wie ist Ihnen?" fragte der Arzt, der
soeben in die Thür getreten war.

„Sonderbar, höchst sonderbar!" sprach
der Kranke. „Mir ist, als träumte ich.
Als wär's Sonntag Vormittag und ich zu
Hause bei meiner Mutter in Ilmenau, unter den
Linden,' wo der Brunnen vor der Thüre steht."

„Ja, ja," rief der Arzt, „es kommt noch
besser, warten Sie nur!"

Da sonst ein geeignetes Instrument am
Orte nicht vorhanden war, so hatte doch
der Arzt eine Kartenpresse entdeckt und
diese sogleich für seine Zwecke in Anspruch
genommen. Er schlug die Masse der ge-
riebenen Kartoffeln in eine Serviette, spannte
sie ein und hiess das Negerweib die Schrauben
anziehen. Als der Kranke das Knarren der
Schrauben vernahm und das girrende Rieseln
des ausgepressten Saftes, da richtete er sich
ganz auf von seinem Lager und sah mit
glänzenden Augen vor sich hin: „Ich weiss
nicht, wie mir ist," flüsterte er vor sich hin,
„mir wird so wohl; ich glaube, ich kann
noch wieder gesund werden."

Ein wenig Weissbrot war vorhanden; es ward nach der Anweisung des Arztes in Würfelchen geschnitten und geröstet. Dann formte er selber kunstgerecht aus der vorbereiteten Masse die stattlichen Klösse und vertheilte die Semmelbrocken sachgemäss. Während das Gericht nun kochte, kehrte der Doktor zu seinem Kranken zurück und sass in fröhlicher Erwartung zukünftiger Ereignisse an dessen Lager. Doch dieser war wieder ganz in sich zusammengesunken, der Glanz seiner Augen ausgelöscht und jeder Hoffnungsschimmer von seinen Wangen verschwunden. „Nur Muth, nur Muth!" sagte der Arzt, „die Medizin ist bald fertig."

Nach einer Weile entstand draussen ein Geräusch, der Doktor eilte hinaus und kam mit einer mächtigen Schüssel dampfender Kartoffelklösse wieder zurück. Der Kranke lag abgewendet und rührte sich nicht. Doch plötzlich stieg ihm der liebliche Duft in die Nase. Das riss ihn empor. Er sass aufrecht, starrte mit wirren Blicken, wie wenn er einen Geist schaue, auf die Schüssel hin und

ward roth und bleich innerhalb einer Sekunde.
Dann schien ein Gefühl unsäglichen Glückes
ihn zu überkommen. „O, du mein Herr-
gott!" sagte er.

Die Schüssel ward vor ihn hingesetzt,
man stopfte ein Kissen hinter seinen Rücken,
und nun begann der Kranke fast zaghaft
und seinem Glücke noch nicht recht trauend
einen der Klösse kunstgerecht auseinander
zu reissen. Nun sah er wohl, es war kein
Traum. Dann probierte er den Kloss, und
alsbald liefen ihm die Thränen über die
eingefallenen Wangen. „Alles richtig,"
murmelte er, „gerade so wie meine Mutter
sie macht in Ilmenau ,unter den Linden,'
wo der Brunnen vor der Thüre steht."
Alsdann verzehrte er im Schweisse seines
Angesichts elf Kartoffelklösse wie eine Faust
gross, sank dann mit paradiesischen Empfindungen zurück in die Kissen und schlief
vierundzwanzig Stunden hintereinander weg.
Er wachte auf mit einem Gefühle, als wenn
seine Glieder von Stahl und seine Gelenke
Sprungfedern wären, stand auf, kleidete sich

an und ging noch desselbigen Tages auf
die Elefantenjagd.

Als ich dieses merkwürdige Erlebniss
meines Freundes, des Afrikareisenden Doktor
Elgersburg, eines Sonntagvormittags am
runden Tische der Weinhandlung von Knoop
in der Potsdamer Strasse erzählte, fand ich
statt des ironischen Zweifels, den ich eigentlich erwartet hatte, einen Beifall, der mich
überraschte, besonders von zwei Zuhörern,
die mit strahlender Aufmerksamkeit der
Geschichte gefolgt waren. Von diesen beiden
Männern, die ebenfalls Thüringer waren,
hatte sich besonders der eine meiner Freunde,
Doktor Wendebach, durch die grosse Leb-
haftigkeit seiner Theilnahme ausgezeichnet.
Dieser Doktor Wendebach, der ein ungeheuer gelehrtes Werk kulturhistorischen In-
haltes herausgab, war in seiner Art ein
merkwürdiger Mensch, denn er verband den
emsigen Fleiss mühseliger Forschung mit
der heitersten Lebenslust des Weltmannes,
er verstand es, wenn man so sagen darf,
Biene und Schmetterling in einer Person

zu sein. Dazu besass er die Gabe, die
wunderlichsten Einfälle und paradoxesten
Ideen mit dem grössten Aufwand von
Scharfsinn und Lebendigkeit vorzutragen,
ihnen die glänzendsten Mäntelchen umzu-
hängen und sie durch blitzartige Einfälle auf
eine geistvolle Art zu beleuchten. In diesen
dialektischen Fechterkünsten war er so ge-
wandt, dass Jemand, der sich mit ihm in
dergleichen scherzhaften Streit einliess, fast
immer den kürzeren zog.

Doktor Wendebach hatte also diese Geschichte mit grosser Aufmerksamkeit und
Theilnahme angehört und sagte nun mit
Befriedigung: „Sehr gut! Die Geschichte
glaub' ich! Sie ist mir wieder ein Beweis
für die ungeheure Bedeutung der Kartoffel
in unserm Kulturleben."

Einige in der Gesellschaft wagten zu
lachen über diese Bemerkung. Da gerieth
er aber sofort in Feuer. „Ja, meine Herren,
Sie lachen!" rief er. „Es gab auch Leute,
die über Kopernikus lachten, als er behauptete,
die Erde drehe sich um die Sonne. Die

Leute haben längst ausgelacht. Für mich, meine Herren, beginnt die neuere Geschichte überhaupt erst mit der Einführung der Kartoffel. Eine ältere Kultur war hingesiecht, der Dreissigjährige Krieg bedeutete ihren letzten fürchterlichen Todeskampf, dann japste sie noch ein paarmal und war hin. Der Rest war Schweigen. Aber jedermann ist bekannt, dass in der Zeit des Dreissigjährigen Krieges der Anbau der Kartoffel sich überallhin verbreitete. Die Zeit trug ihr Heilmittel in sich; wie ein Phönix aus der Asche sollte eine neue mächtige Kultur emporsteigen und zwar aus jener Asche, in der die erste Kartoffel in Deutschland gebraten wurde. Der Siegeszug der Kartoffel ist der Siegeszug Deutschlands zur neuen Macht und Grösse. Die folgenreichste That Friedrichs des Grossen ist nicht, dass er Schlesien eroberte, sondern dass er Tausende von neuen Ansiedlern ins Land rief und den Anbau der Kartoffel zwangsweise beförderte. Und so ward später die sandige verachtete Mark und ein grosser Theil

Preussens zu dem reichsten Kartoffellande
Europas. Meine Herren, es ist kein Zufall,
dass aus diesem Boden das neue Deutschland emporwuchs und dass ein Kartoffel-
bauer im grossen, unser mächtiger Bismarck,
die vielen deutschen Vaterländer zu lang-
ersehnter Einigkeit zusammenschweisste.

„Ich bemerke schon wieder, dass einige
lachen. Meine Herren, die Sache ist gar
nicht lächerlich. Hören Sie nur weiter!
In einer anderen Gegend Deutschlands, in
dem gesegneten Thüringen, war man schon
im vorigen Jahrhundert bemüht, den Kar-
toffelgenuss zu veredeln, zu erhöhen, ihm
eine vornehmere Form zu geben, und dies
Bestreben führte zu der epochemachenden
Erfindung des Kartoffelklosses. Dieser ist
gewissermassen die Kartoffel mit sich selbst
multipliziert, die vergeistigte Kartoffel. Er
ist kugelförmig, weil die Kugel die Form
der Vollendung bedeutet, kugelförmig wie
der Thautropfen, der den Diamanten an
Glanz überstrahlt, wie das Geschoss, das
den Tod und die Pille, die Genesung bringt.

kugelförmig wie der Reichsapfel, das Symbol der höchsten Macht, kugelförmig wie Sonne, Mond und alle Sterne. Und nun frage ich wieder, war es ein Zufall, dass die unmittelbare Folge dieser merkwürdigen Erfindung in dem kleinen Weimar eine Blüthe der Litteratur war, wie sie die Welt nicht glanzvoller zum zweitenmal gesehen hat, dass wie Sonne und Mond Schiller und Goethe dort aufstrahlten, umgeben von anderen Sternen unvergünglichen Glanzes? Was?"

Ich muss gestehen, dass trotz aller Verwarnung die Tafelrunde wieder unbeschreiblich lachte. Es sass aber ein Württemberger am Tisch, der diese Pause benutzte, um einzufügen: „Sie waren doch beide Süddeutsche, Schiller war ein Schwabe und Goethe ein Frankfurter."

Grossartig war der Ausdruck erhabener Ueberlegenheit, mit dem Doktor Wendebach jetzt auf den unglücklichen Schwaben hinblickte. Noch höher zogen sich seine Augenbrauen, und noch mehr krauste sich seine

Stirn wie gewöhnlich, und seine dichten, halb kurz geschnittenen Haare starrten gen Himmel wie die Mähne eines gereizten Löwen. Sein Gefühl für die Schwäche dieses Einwandes war so stark, dass er sich zuvor in einem kleinen hysterischen Gelächter Luft machen musste. Dann schleuderte er einen vernichtenden Blick auf seinen Gegner und begann in ganz hoher Stimmlage, allmählich, jedoch je mehr er in Feuer gerieth, zu einem tieferen Tone herabsinkend: „Sehr gut, sehr gut! Schiller war ein Schwabe, das lässt sich nicht leugnen. Jetzt sind natürlich alle Schwaben stolz auf ihn, nachdem er bei uns im Weimarschen was geworden ist. Natürlich! Aber wie war es damals? Bei Nacht und Nebel musste er fliehen aus seinem Vaterlande, weil man seinen Pegasus ins Joch spannen wollte, weil man ihm das Dichten verbot. Natürlich lief er davon und irrte lange in Deutschland herum, bis er endlich ins Weimarsche kam und nun wusste, wo er hingehörte, da konnt' er die Schwingen seines Genies entfalten! Da schrieb er den

Wallenstein, die Maria Stuart, die Jung-
frau von Orleans, den Tell, und was er
sonst mochte. Na, und Goethe! Er war'n
kleiner Advokat in Frankfurt mit wenig
Praxis und eben im Begriff, in 'ne Bankier-
familie hineinzuheirathen. Da kam unser
Fürst, unser Karl August, und holte ihn
sich und rettete diesen ungeheuren Genius,
der gerade daran war, ein kleiner Reichs-
stadtphilister zu werden. Bei uns ist er
Minister geworden, ja, und bei uns hat er
seinen Faust, Egmont, Tasso und andere
unsterbliche Werke geschrieben. Natürlich
jetzt, wenn mal was von Goethe in Frankfurt gegeben wird und der Donner des Beifalls
durch das Haus braust, da sitzt der richtige
Eingeborene ganz geschwollen da und sagt:
„Ja, die Kumedi is scheen, se is awer aach
von eme Hiesige." Als wenn die Frankfurter etwas dafür könnten, dass Goethe
der grösste Dichter der Neuzeit geworden
ist. Ich für mein Theil glaube mehr an
den Kartoffelkloss."

Der zweite Thüringer in unserer Gesellschaft, Herr Doktor Dammann, der im Gegen-
theile zu seinem hitzköpfigen Landsmanne
stets eine etwas phlegmatische Ruhe zu bewahren pflegte, sagte nun in behäbigem
Tone: „Lassen wir das dahingestellt, was
mein phantasiereicher Freund über die politische Bedeutung der Kartoffel und die
litterarische des Kartoffelklosses mit grossem
Feuer entwickelt hat, so viel steht fest, dass
unsere heimischen Kartoffelklösse eines der
wunderbarsten Gerichte vorstellen, das die
Welt kennt, und dass jeder zu bedauern ist,
der diesen Genuss entbehren muss oder gar
am Ende nicht achtet. Denn auch solche
Banausen giebt es. Natürlich müssen die
Klösse richtig zubereitet werden. Gegen
das Rezept des Afrikareisenden Doktor
Elgersburg habe ich nichts einzuwenden, nur
ein Punkt blieb mir zweifelhaft. Es hiess,
er vertheilte die gerösteten Semmelbrocken
sachgemäss. Was ist sachgemäss? Darüber
giebt es bei uns in Thüringen zwei Auf-
fassungen. Die eine derselben ist unbe-

schreiblich thöricht ..." „Kolossal thöricht!"
fügte Doktor Wendebach hier ein, und der
andere fuhr in ruhig dozierendem Tone fort:
„Ich will sie deshalb hier weiter gar nicht
erwähnen, sondern Ihnen nur die einzig
richtige Methode angeben, welche darin besteht ...." „Achtung, sehr wichtig,"
fügte Wendebach hier ein, „... welche
darin besteht, dass um einen Kern von gerösteten Semmelbrocken herum die lockere
Kartoffelmasse angeordnet wird, gleichsam
wie sich ein Ei um den Dotter herum auf-
baut. Dies ist die einzig richtige Methode,
und alles andere ist falsch!"
Dieser Ausspruch wirkte scheinbar wie
ein Blitzschlag auf Doktor Wendebach, und
er schnappte sichtlich nach Luft.
„Zunächst bin ich sprachlos!" rief er
dann. „Entarteter Sohn deiner Heimath,
bekennst du dich zu dieser geistlosen Theorie.
O was nützen die ganzen Errungenschaften
von 1870, was nützt es, dass wir wieder
ein einiges und grosses Volk geworden sind,
wenn im Innern das Zerwürfniss lauert und

das Dilemma um sich frisst. Wir sind die
beiden einzigen Thüringer hier am Tisch
und haben über das herrlichste und gross-
artigste Produkt unsers Landes verschiedene
Meinung. Was sage ich: Meinung, wo in
dem einen Falle Ketzerei die einzig richtige
Bezeichnung ist. Unglücklicher, im Finstern
tappender Mensch, dir ist niemals die Idee
des Kartoffelklosses aufgegangen! Man sieht,
du bist aus Blankenhain. In Blankenhain
hat man nie etwas von Klössen verstanden.
Kenner zucken die Achseln, wenn von Blanken-
hainer Klössen die Rede ist. Denn jeder
Verständige weiss es, dass die gerösteten
Semmelbrocken zur Auflockerung dienen,
dass man sie nicht in öder mechanischer Weise
in die Mitte klext — das Herz im Leibe
dreht sich mir um über die Roheit dieser
Anschauung — sondern sie sorgfältig und
gleichmässig vertheilt, also, dass der Quer-
schnitt des Klosses ein liebliches Ansehen
bekommt, gleich hellem Porphyr, der von
eingesprengten bräunlichen Kristallen durch-
setzt ist."

„Auf welcher Seite die Roheit der Anschauung liegt, möchte unschwer zu entscheiden sein," sagte Doktor Dammann nun,
„denn dein Kloss gleicht einer Kugel, ge-
formt aus einer regellosen Masse, während
der meine gewissermassen nach kristalli-
nischen Gesetzen gebildet ist, und dadurch
ein jeder für sich ein geschlossenes Individuum
darstellt. Dein Kloss ist die Anarchie, die
Willkür, meiner die Ordnung, das Gesetz,
deiner ein Plebejer, meiner ein Aristokrat.
Der meinige ist zu vergleichen jenen Achat-
kugeln von anmuthiger und regelmässiger
Form, die im Innern eine köstliche Kristall-
druse tragen und jegliches Auge erfreuen
durch sinnvolle und gesetzmässige Bildung."
Nun aber brauste Wendebach wieder
empor wie ein Sprühteufel, und auch Dammann gerieth bei dem fortdauernden Streite
immer mehr ins Feuer, während die Tafelrunde sich über diese komische Klossfehde
vor Lachen ausschütten wollte. Die beiden
Leute gingen wie die Kampfhähne gegen-
einander. Sie zogen Plato, Kant und

Schopenhauer zur Unterstützung ihrer Mein-
ungen herbei, citierten Schiller, Goethe und
Shakespeare zu ihren Gunsten und geriethen
zuletzt in eine solche Kampfeswuth, dass
die Stösse von beiden Seiten hageldicht fielen
und sich schliesslich sogar zu Beleidigungen
zuspitzten. Denn Wendebach rief schliesslich,
erbittert durch die zähe Hartnäckigkeit seines
Gegners, indem er sich an die belustigten
Zuhörer dieses Kampfes wandte: „Sie müssen
sich nicht wundern, meine Herren, wenn
man in Blankenhain so unglaubliche Ansichten über Klösse hegt. An diesem Orte
befindet sich nämlich das Landesirrenhaus.
Wenn die Mauern solcher Anstalt auch noch
so dick sind, etwas sickert doch immer durch.
Da erklärt sich vieles!“ schloss er trium-
phierend. Sein Gegner aber antwortete mit
ruhiger Schlagfertigkeit: „Bei uns sperrt
man die Unglücklichen doch ein, damit sie
keinen Schaden thun können, bei euch in
Neustadt aber, da laufen sie frei herum,
das ist der Unterschied.“

„Unglaublich!" murmelte Wendebach und verstummte plötzlich. Das Gespräch wandte sich nun auf andere Dinge; zwischen den beiden Thüringern aber herrschte Missstimmung, und sie gingen bald grollend und getrennt ihres Weges.

Am nächsten Sonntag vermisste man sie am runden Tische. Das fiel weiter nicht auf, denn sie konnten beide durch Zufall verhindert sein. Jedoch, als sich auch am nächsten Sonntag keiner von beiden einfand, wunderte man sich darüber und stellte Muthmassungen an, welche der Wahrheit ziemlich nahe kamen, wie sich bald zeigen wird. Denn ich begegnete in der nächsten Woche dem Doktor Wendebach auf der Strasse und als ich ihn fragte, warum er sich nicht sehen liesse, machte er ein missmuthiges Gesicht und sagte: „Ja, wenn der andere nicht dorthin käme. Mit einem Menschen an einem Tische zu sitzen, der so blödsinnige Ansichten über Klösse hat und dabei vernünftigen Gründen durchaus unzugänglich ist, das alteriert mich, das macht mich nervös, das halte ich nicht aus."

Zufällig traf ich bald darauf auch den Doktor Dammann, und ich stellte an ihn dieselbe Frage. „Das dürfen Sie nicht verlangen," sagte er. „Mit einem Menschen, der, wenn man seine irrige Meinung über Klösse durch vernünftige Gründe bekämpft, gleich mit dem Irrenhause kommt, kann ich nicht verkehren. Das sehen Sie wohl ein."

Auf meinen Bericht am nächsten Sonntag fasste der runde Tisch einen Beschluss, der den beiden Gegnern unterbreitet ward und glücklicherweise deren Zustimmung fand. Jeder von ihnen sollte bei sich zu Hause ein Klossessen veranstalten, bei der das berühmte Gericht nach der von jedem verfochtenen Art zubereitet werden sollte. Die Tafelrunde sollte daran theilnehmen und schliesslich durch Abstimmung entscheiden, welcher Methode der Vorzug zu geben sei. Besonders Wendebach, bei dem die erste Sitzung stattfinden sollte, fasste den Plan mit besonderem Feuer auf und war äusserst siegesgewiss. „Das ist eine herrliche Idee," sagte er, „das bedeutet die Zerschmetterung

meines Gegners. Denn die Wahrheit behält
zuletzt immer den Sieg!"

Der erste dieser entscheidenden Abende
kam heran, und wir fanden uns vollzählig
bei unserm Freunde ein. Wendebach ging
siegesgewiss zwischen uns herum, rieb sich
in der Vorfreude seines vermeintlichen
Triumphes die Hände und schoss halb mit-
leidige Blicke auf seinen Gegner. „Seht
doch nur,„ wie blass er ist," sagte er.
„Aeusserlich benimmt er sich zwar gefasst,
aber innerlich zittert er wie Espenlaub!"

Dann wurden die Flügelthüren geöffnet
und wir begaben uns erwartungsvoll an die
wohl geschmückte Tafel. Als nun nach der
Suppe eine gewaltige Schüssel der mächtigen
Klösse nebst einem stattlichen Sauerbraten
erschien, verbreitete sich die feierliche
Stille der Erwartung. Die Gerichte wurden
herumgereicht, und der erste, der in verzeih-
licher Neugier und Spannung einen der
Klösse zerlegte, war Doktor Dammann.
Doch kaum hatte er einen Blick auf das
Innere dieses Nationalgerichtes geworfen,

als er, auf seinen Teller schauend, in ein
stilles schütterndes Lachen ausbrach.

„Was hat denn der Kerl?" fragte
Wendebach halblaut. „Sollte sich ein Ausbruch bei ihm vorbereiten?"

Allein jeder, der dem ersten Beispiele
Dammanns gefolgt war, folgte auch dem
zweiten, und zuletzt sassen alle Mitglieder
der Tafelrunde da und starrten mit demselben innerlichen schütternden Lachen auf
ihre halbierten Klösse.

Wendebach sah rathlos von einem zum
anderen. Dann, von einer dunkeln Ahnung
ergriffen, zerriss auch er schnell und kunst-
reich eine der grauweisslichen Kugeln in
zwei Hälften und ward in demselben Augenblicke purpurroth bis unter die Spitzen
seines buschigen emporstrebenden Haares.
Er richtete sich hoch auf und warf einen
Blick voll erhabenen Zornes auf seine Gattin.
So denke ich mir etwa Jupiter an der Götter-
tafel, wenn er bemerkte, dass das Ambrosia
angebrannt und der Nektar sauer war.
„Weib!" rief er mit donnernder Stimme,

„Schlange, die ich an meinem Busen genährt habe, was ist das!?"

Die arme Frau, die schon mit blasser Miene und ängstlichem Ausdruck das ihr unerklärliche Gebahren der Tischgesellschaft beobachtet hatte, sagte nun ganz verschüchtert: „Aber ich bitte dich, Karl, was hast du denn? Was ist geschehen?"

„Was geschehen ist?" rief Wendlebach. „Unerhörtes ist geschehen! Ich bin zerschmettert! Ich bin vernichtet! Ich bin dem Hohne der Menschheit ausgeliefert! Bei diesen Klössen sind die Semmeln in der Mitte angeordnet! Das ist mehr als entsetzlich, das ist Verrath!"

„Aber ich bitte dich, theuerster Karl," sagte die Frau. „Wir essen dieses dein Lieblingsgericht sehr oft und schon seit Jahren, und niemals war es anders zubereitet. Du warst doch sonst immer zufrieden. Und wenigstens sechsmal hast du es mir wiederholt, wir sollten es genau so machen wie immer, denn das wäre wichtig."

Der Donner des Gelächters, der sich
nun erhob, war unbeschreiblich, und inmitten
dieser wogenden Lustigkeit sass Doktor
Wendebach bleich und rathlos und murmelte
unverständliche Worte. Doch die Wellen
der allgemeinen Fröhlichkeit stiegen höher
und höher, und in ihren schäumenden Fluthen
ward der berühmte Streit um die Struktur
des thüringischen Kartoffelkloßes für immer
begraben.

WALDFRÄULEIN HECHTA.

Ein Märchen.

1. Die Dürre.

E ines gleichen Frühlings wusste sich Niemand im ganzen Dorfe zu erinnern. Seit der Schnee verging, war noch kein einziger Tropfen Regen gefallen; erbarmungslos blank und glänzend stand der Himmel Tag für Tag über den Bergen, und selten nur kam es vor, dass ein schimmerndes Wölkchen versuchte, das öde Blau zu durchschiffen. Es gelangte aber nicht weit, denn schnell ward es dünn und durchsichtig wie ein zarter Schleier und alsbald war es verschwunden, aufgetrunken von der heissen Luft. Der Bach, dessen Rauschen und

14*

Brausen um diese Zeit sonst weithin vernommen ward, schlich und rieselte mit ein
paar dünnen Wasserfäden durch die sonnigen
Steinblöcke, auf denen das Moos vertrocknet
war, und bildete an einzelnen Orten stille,
glasklare Teiche, in denen die Forellen
ängstlich hin und her huschten. Die sonst
so ruhelose Sägemühle am untern Ende
des Dorfes war mitten in der Arbeit stehen
geblieben, und das wenige Wasser, das noch
vorhanden war, plätscherte und tropfte von
einer Schaufel des feiernden Rades in die
andere. Was war sonst auf den berieselten
Bergwiesen zu beiden Seiten des Thales für
eine klingende Musik gewesen von lebendigen
Quellen, die, in Rinnen und Röhren hin
und her geführt und über das üppige Gras
geleitet, fröhlich in der Sonne blitzten und
alle Zeit noch vermocht hatten, nach ge-
thaner Pflicht einen plätschernden Ueberfluss
an den Bach abzuliefern. Aber das wenige
Wassergeriesel, das jetzt aus dem so quellen-
reichen Walde noch hervorkam, war gleich
Anfangs von dem durstigen Wiesenboden

aufgetrunken, statt des sonst überall so
üppigen Grüns war eine fahle Färbung verbreitet, und bis zu dem fast ausgetrockneten
Bach gelangte kein Tropfen mehr. Weiter
hinauf, wo in verschiedenfarbigen Flecken
und Streifen die Felder sich bis an den
dunklen Hochwald hinaufzogen, sah es noch
schlimmer aus, denn niedrig und dürftig
standen die Saaten auf dem sonst so frucht-
baren Boden, und hätte nicht der starke
nächtliche Thau des Gebirges sie allezeit ein
wenig erquickt, so wären sie wohl ganz vergangen.

Eine trübe Stimmung herrschte im Dorf,
und vielleicht noch nie, seitdem es stand,
hatten so viel forschende Augen den Himmel
gemustert, und noch nie war von den klugen
Wetterverständigen   so   viel   prophezeit
worden. Aber alles Prophezeien nützte
nichts und wurde leider nicht zu Wasser,
sondern immer wieder zu Sonnenschein.

Der alte Lindenbauer sass an einem
schönen Sonntagnachmittag unter dem
Schatten der uralten Linde vor seiner Haus-

thür und trank verdriesslich seinen Schoppen
Rothen. Neben ihm auf der hölzernen Bank
hockte sein Sohn, ein hübscher, zwanzig-
jähriger Bursche, und flocht an einem
Peitschenstiel aus Wachholderzweigen.

Der alte Bauer paffte aus seiner kurzen
Stummelpfeife still vor sich hin, blickte in
die sonnenflimmernde Landschaft und knurrte
nur zuweilen ein wenig. Endlich trank er
einen langen Zug, räusperte sich bedächtig
und sprach: „Weisst Du, Josef, Verlass ist
in diesem verdrehten Jahr auf nichts mehr.
Siehst Du da wieder den Abendberg, was?
Wie war es immer, so lang ich denken kann
und wie mir mein Grossvater schon erzählt
hat? ‚Wenn der Abendberg eine Mütze
aufsetzt, da giebt's Regen, ehe vierundzwanzig Stunden um sind.‘ Und das kam
so sicher wie das Amen in der Kirche.
Siehst Du, heute hat er sich wieder seine
Kappe tief über die Ohren gezogen, aber
glaubst Du wohl, dass es morgen regnen
wird? Gott bewahre, fünfmal hinter einander

ist es schon nicht mehr eingetroffen! Die
Welt ist konträr geworden."

Dann knurrte er wieder ingrimmig, paffte
heftig vor sich hin und sah zu, wie die
heisse Luft über seinen Feldern zitterte.

Der junge Mensch hatte zu der Rede
des Vaters nur genickt, dann sagte er:

„Ja, wenn wir jetzt keinen Regen be-
kommen, da ist es mit dem Futter zu Ende.
Am Erlenbruch da finden die Kühe noch
eine Woche was, dann ist es vorbei. Sie
lassen alle Tage mehr nach mit der Milch,
die Liese steht schon beinahe trocken und
war doch sonst die beste."

Der Alte kratzte sich hinter den Ohren
und brummte etwas, das wie ein Fluch klang.
Dann fuhr der Sohn fort:

„Dort, hinter dem Abendberg, soll schöne
Weide sein, genug für hundert Kühe."

„Was nützt uns das!" sagte der Alte
verdriesslich. „Aus dem verwünschten Wald
ist noch Niemand wiedergekommen ausser
dem Mühlenhannes, und der ist verrückt
geworden. Dort wächst das Irrkraut, und

wer darauf tritt, der geht in die Irre, bis
er verschmachtet."

„Aber der Herr Picus," warf nun der
Sohn ein, „der wandert dort doch überall
herum und sammelt seine Kräuter, und es
thut ihm nichts. Er hat doch damals den
Mühlenhannes gefunden und zurückgeführt.
Freilich, den Verstand konnt' er ihm auch
nicht wiedergeben!"

„Ja, Herr Picus," sagte der Alte, „der
kann mehr als Brot essen. Den wird der
Leibhaftige auch wohl in seinem Hauptbuch
zu stehen haben."

„Herr Picus thut Niemand was zu leide,"
erwiderte Josef. „Mit seinen Kräutertränken
hat er schon Vielen geholfen, und er verschickt
sie weithin, bis ins Holland, sagen die Leute.
Soll ich ihn, wenn morgen wieder kein
Regen kommt, 'mal fragen, wie er es macht,
dass der verrufene Wald ihm nichts anhaben
kann? Wenn er's mir sagt, da suche ich
die Wiesen hinter dem Abendberg, und
unseren Kühen ist geholfen. Sonst müssen
wir sie verkaufen oder sie kommen um."

Der Alte wollte nicht heran an diesen
Vorschlag, als aber am Abend seine Kühe
eingetrieben wurden und er sah, wie ihnen
die Hüftknochen hervortraten und alle
Rippen zu zählen waren, da brummte er:
„Na, kannst es ja 'mal versuchen mit dem
Herrn Picus!"

2. Herr Picus.

Als am frühen Morgen des nächsten
Tages der Abendberg wieder in voller Klar-
heit sich zeigte, so dass man jegliches
Bäumchen und jeden Stein auf seinem
Gipfel zählen konnte, und der Himmel ebenso
glänzend blau sich über das Thal wölbte
wie immer, da packte die alte Bäuerin
allerlei Gaben in einen Korb, die sie geeignet
hielt, den Herrn Picus günstig zu stimmen.
Da hinein kam ein Häflein Lindenhonig
vom vorigen Jahre, weissgelb und schon

verzuckert, aber noch von köstlichem Ge-
schmack, dazu eine stattliche Rauchwurst,
dergleichen Niemand in der ganzen Gegend
so wohl gelang als ihr, und ein paar Flaschen
vom Besten, der schon zwölf Jahre im
Keller lag. Während sie so kramte, fiel
ihrem Sohn Josef ein Ring ins Auge aus
gelbem Metall, der auf dem Bort lag. Der
war daumsdick, von länglicher Form und
so gross, dass man die vier Finger der ganzen
Hand hineinstecken konnte. Dieses sonderbare Geräth, dessen Gebrauch Niemand im
Dorf zu erklären wusste, hatte er einst unter
einem grossen Stein gefunden, woselbst es
in alter Zeit wohl Jemand verborgen haben
musste. Da ihm nun einfiel, dass Herr
Picus für derlei seltsame Dinge und Alter-
thümer eine besondere Liebe zeigte und
allerlei Steinbeile, bronzene Schwerter und
sonstiges altes Gewaffen sorglich aufbewahrte,
so legte er auch diesen merkwürdigen Ring
mit in den Korb und machte sich auf den
Weg. Dieser war sonst gar beschwerlich,
denn er führte auf steilen Pfaden über das

Gebirge; jetzt aber, da die Bäche fast leer waren, konnte man viel näher und ganz bequem zu dem Wohnorte dieses seltsamen Laboranten kommen durch eine schmale Felsschlucht, die sonst wegen der brausenden Gewässer eines Baches unzugänglich war, desselben, der später das freundliche Thal in seiner ganzen Länge durchfloss.

Josef wanderte aufwärts und stand bald vor der steilen Felswand, aus deren schmaler Schlucht der Bach hervorkam. Hier war es glühend heiss, die Sonne strahlte von dem grauen Felsen zurück, und nichts Lebendiges war zu bemerken als einige Schmetterlinge, die dort lautlos umherflogen. Dazu herrschte Stille ringsum, nur das leise Rieseln der spärlichen Wasserader auf dem Grunde des Baches war vernehmlich.

Eine angenehme Kühle umfing ihn, als er in die Schlucht eintrat, und wachsende Dämmerung, je weiter er sich vorwärts bewegte, denn die Wände zu beiden Seiten stiegen mächtig empor, und von oben schaute nur ein schmales Streifchen des blauen

Himmels herein. So schritt er eine lange
Weile zwischen den feuchten, tropfenden
Steinmauern dahin und kletterte über die
Felsblöcke immer höher empor, bis es allmählich lichter ward und vor ihm helles Grün
im Schein der Sonne glänzte. Er verschnaufte
eine Weile und hörte nun vor sich ein
schnelles taktmässiges Hacken und dazwischen
zuweilen den gellen Schrei eines Schwarzspechtes.

Der Bach durchströmte hier ein kleines,
fast überall von steilen Seitenwänden um-
gebenes Thal, aus dem zwischen umherge-
streuten Felsblöcken einige gewaltige Edeltannen aufgeschossen waren. In einem
sonnigen Winkel dieses Thales, wo die
mächtige Platte eines aus der Wand vor-
ragenden Felsblockes ein natürliches Dach
bildete, hatte Herr Picus sich angesiedelt
und sich aus Balkenwerk und Steinen ein
wunderliches, aber warmes und wetterdichtes
Haus gebaut, in dessen einzigem grossem
Raum er sicher und behaglich hauste und
auf einem gewaltigen steinernen Feuer-

herde seine mannigfaltigen Elixire und
Kräutertränke kochte.

Das emsige Hacken und das Schreien
des Schwarzspechtes dauerte fort, als Josef
die unregelmässigen Steinstufen emporstieg,
die aus dem Bette des Baches zu jenem
Thalgrunde hinaufführten, und schon erblickte er das wunderliche Haus und die vor
ihm aufgespeicherten Brennholzvorräthe, als
plötzlich von einem Haufen gelblich weisser
Späne mit gellendem Warnungsgeschrei
und grossem Geräusch ein Schwarzspecht
sich erhob und die Flucht ergriff. Man sah
die rothe Kappe des seltsamen Gesellen noch
einmal aufleuchten und dann war er verschwunden, ob hinter der grossen Edeltanne
oder in der schwarzen Thüröffnung des
Hauses, das blieb zweifelhaft. Dort, wo der
Vogel scheinbar gesessen hatte, waren lange,
schmale Späne zum Feueranmachen theils
sauber aufgeschichtet, theils lagen sie neben
einem grossen Holzscheit, als seien sie eben
erst heruntergehauen worden. Das hatte
ja fast den Anschein, als sei das Thier dort

mit Holzkleinmachen beschäftigt gewesen.
Dem guten Burschen ward etwas wunderlich zu Muth und das Herz klopfte ihm
bänglich, als er nun langsam auf das Haus
zuschritt. Rings herrschte ein schwerer,
narkotischer Duft, denn an einzelnen
sonnigen Stellen war der Boden urbar gemacht und allerlei seltsame, aromatische
Pflanzen standen dort mit unerhörten Blüthen
geziert. Aus dem hoch aufgemauerten
Schornstein des Hauses kam ein leichter
veilchenfarbiger Rauch und verlor sich allmählich in die Zweige der Edeltannen.
Als Josef in den dämmerigen Raum
eintrat, war er zu Anfang geblendet, bald
aber erkannte er den Herrn Picus, welcher
sich gerade an dem Feuerherde zu thun
machte und neues Holz in die Flammen
warf. Aus dem Kessel darüber tönte ein
feines, weinerliches Singen und Miauen, das
sich gar seltsam anhörte. Herr Picus war ganz
schwarz gekleidet und trug auf dem Haupt
ein feuerrothes Käppchen, darunter schaute
ein pergamentenes Vogelgesicht hervor mit

gelben, stechenden Augen und einer langen,
spitzen Nase, mit welcher er, wenn er nach
seiner Gewohnheit den Kopf lebhaft bewegte,
stets nach irgend etwas zu hacken schien.
So warf er nun auch plötzlich den Kopf
zu Josef herum und fragte mit einer hohen,
gellenden Stimme:

„Nun, was bringst Du? Was willst Du
haben? Denn wenn der Bauer was bringt,
will er auch was haben!" Dann kicherte er
als hätte er den schönsten Witz gemacht,
und fuhr fort: „Soll's was sein für den
Magen oder für das Herz, gegen die Gicht
oder für die Liebe? Es ist alles da, alles da!"
rief er und schwenkte seine Hand gegen
die Hinterwand seines Zimmers, wo auf
Borten unzählige Fläschchen standen von
den wunderlichsten Formen, kugelige mit
langen Hälsen und vierkantige mit kurzen,
bauchige und schlanke, kleine und grosse.
In den einen leuchtete es wie Rubin, in den
anderen wie Smaragd, in diesen veilchenblau,
in jenen goldgelb.

Josef hob den Deckel von seinem Korbe
und sagte:

„Meine Mutter schickt hier ein paar
Kleinigkeiten und lässt Euch einen schönen
Gruss sagen."

„Weis' her, weis' her!" rief Herr Picus
eifrig und holte das Honighäflein hervor.
„Süsse Sachen, süsse Sachen!" murmelte er
befriedigt. „Schön, schön!" Dann hob er die
Wurst heraus und fuhr mit seiner Nase
darauf los, als wolle er gleich hineinhacken.
Er beroch sie mit Kennermiene und rief
dann: „Lecker, lecker! Gefällt mir!" Darauf
hielt er eine der Flaschen gegen das Licht
und schmunzelte: „Kenn' ich, kenn' ich!
Ist von dem alten!" Und seine spitze
Zunge kam hervor und befeuchtete wohlgefällig die schmalen ledernen Lippen. Dann
sah er auf dem Grund des Korbes noch etwas
schimmern, und dem aufmerksamen Josef ent-
ging es nicht, mit welcher Gier er nach dem
Ringe griff und wie seine gelben Augen dabei
funkelten. Er nahm ihn, wog heimlich in
der Hand seine Schwere und drehte ihn

sehr eifrig hin und her; dann suchte er seine
Aufregung zu dämpfen und sich ein gleich-
giltiges Aussehen zu geben. „Danke, danke
für das Ringelchen!" sagte er. „Kann's
zwar nicht gebrauchen, aber weil's ein altes
Stück ist." Und damit legte er ihn scheinbar
gleichgiltig zu dem übrigen.

Josef nahm ihn sofort wieder an sich
und sprach:

„Der gehört nicht dazu, der ist wohl
nur zufällig in den Korb gekommen."

Der Alte war aber test entschlossen, das
Stück an sich zu bringen, denn er hatte
sofort erkannt, dass es ein sogenannter Eid-
ring war aus alter Heidenzeit von dem
reinsten Gold und wohl über hundert Thaler
werth. Er sagte darum in schmeichlerischem
Ton:

„Söhnchen, Söhnchen, nun sag', was
wünschest Du von mir? Um den Ring
werden wir schon einig?"

„Ihr sollt ihn gern haben, wenn Ihr mir
sagt, was ich wissen will," erwiderte Josef,
der das begehrte Kleinod fest umschlossen

hielt, und dann trug er ihm sein Anliegen
vor.

Herr Picus fing an, erklecklich zu wimmern, als er vernahm, was der junge Mensch
wollte.

„Ja, das glaub' ich, Söhnchen, das glaub'
ich, Söhnchen! In dem verwunschenen
Wald am Abendberg da wachsen die herrlichsten Kräuter der Welt. Wenn da erst
jeder ungestraftherumstapfen darf, da würden
die anderen Laboranten bald kommen und
mir alles fortrupfen und ich hätte das Nach-
sehen. Dann könnten sie ebenso gute
Tränke machen als ich. Ja, ja!"

Josef drehte den Ring in seiner Hand,
liess ihn in der Sonne blitzen und steckte
ihn dann langsam in die Tasche. Herr
Picus aber gerieth in grosse Unruhe, kraute
sich hinter den Ohren und lief in seinem
Zimmer umher, während er mit den Armen
schlug, als ob er auffliegen wollte und von
Zeit zu Zeit sonderbare Wehrufe ausstiess;
dann kramte er zwischen seinen unzähligen
Flaschen und schloss endlich eine eisenbe-

schlagene Truhe auf und wühlte darin längere
Zeit. Endlich schien er gefunden zu haben,
was er suchte, und näherte sich Josef wieder.

„Es ist nicht um den Ring," sagte er,
„aber ich hab' Dich immer gern gehabt,
Söhnchen, und dann dauert mich auch eure
Noth, dauert mich wirklich. Wenn Du
schweigen kannst und schwören willst, es
nie zu verrathen, da will ich Dir das Mittel
geben. Du brauchst nur Deinen Ring in
die rechte Hand zu nehmen und zu sagen:
‚Ich schwör's!'"

Als Josef sich hiezu gern bereit erklärte,
da öffnete Herr Picus seine Hand, überreichte
dem jungen Burschen ein winziges pergamentenes Päckchen und sagte: „Wer Farnsamen bei sich trägt in seinen Schuhen, der
ist gefeit gegen das Irrkraut. Und nun gieb
mir den Ring."

Josef traute dem Alten noch nicht so
recht.

„Ist es auch wirklich das rechte Mittel?"
fragte er misstrauisch, indem er das unschein-
bare Päckchen zwischen den Fingern drehte.

„Der Habicht soll mich schlagen, wenn's
nicht wahr ist!" rief Herr Picus. „Gieb
her, ich schwör's Dir auf den Ring."

So wurden denn die beiden Leute han-
delseins, und Josef machte sich vergnügt
wieder auf den Abstieg, während Herr Picus
ebenso vergnügt zurückblieb, seinen goldenen
Ring in der Sonne glänzen liess und zuweilen
in ein anhaltendes, vergnügtes Kichern ausbrach.

3. Die Wanderung.

Es war noch früh am Tag, als Josef
wieder in den Lindenhof zurückkehrte, deshalb packte er schnell sein Bündel und beschloss, noch an demselben Tag aufzubrechen,
denn je eher er eine Weide für die dar-
benden Kühe fand, je besser war es. Er
nahm Abschied von seinen Eltern und wanderte auf dem nächsten Wege dem Gebirge
zu. Als er auf der Brücke über den Bach

schritt, sass da unten auf einem grossen
Steine der Mühlenhannes, liess sich die Sonne
auf seinen wirren Haarschopf scheinen und
brüllte sein sonderbares Lied:

„Das Haar wie Feuer,
Der Leib wie Schnee,
Und die Augen so grün wie Glas . . .“

sang er gerade, als Josef vorüberkam.
Da der Verrückte nun sah, dass jener
mit einem Bündel auf dem Rücken dem
Abenaberge zuwanderte, so unterbrach er
sich und rief: „Glück auf, Glück auf!
Und grüss den alten Uhu!“ Dann lachte
er so grässlich, dass Josef, von Schauer erfüllt,
schneller ausschritt.

Im Walde war es schwül und still, und
ein Duft nach Harz und vertrockneten
Pflanzen herrschte überall. Das Gras am
Boden war versengt, die Kräuter liessen die
Blätter hängen, und die kleinen Wäldchen
von Heidelbeeren und jung aufgeschossenen
Bäumchen, die die grossen, moosigen Fels-
blöcke bedeckten, begannen zu verdorren.
Je weiter Josef den Berg hinanwanderte,

je wilder ward die Gegend, je mächtiger
die verstreuten Felsblöcke, und je gewaltiger
die Bäume. Es waren meist Edeltannen,
zuweilen aber standen dazwischen grosse
Horste uralter Eiben von unbeschreiblich
ehrwürdigem Ansehen.

Als er schon über eine Stunde bergauf
gestiegen war, sah er was Dunkles, Mächtiges zwischen den Tannenstämmen ragen,
und beim Näherkommen fand er eine uralte,
thurmdicke Eiche, die mit der ungeheuren
Wölbung ihrer laubigen Kuppel einen ebenen,
runden Platz beschattete. Rings um diesen
Platz standen im Kreise, wie von Menschenhand geordnet, Felsblöcke in regelmässigen
Entfernungen von einander, und unter der
alten Eiche, dicht am Stamm, lag ein
grosser Stein, in dessen Oberfläche sich
einige Vertiefungen und Rinnen befanden.
Gerade über diesem hatte der riesige Baum
eine Höhlung wie eine Altarnische, und
plötzlich schrak Josef heftig zusammen, denn
in dieser Höhlung sass ein ungeheurer Uhu
und blickte mit grossen, runden Augen ruhig

auf ihn hin. Als nun der junge Mann, dem
es an diesem düstern Orte mit seinem feierlichen Schweigen gar nicht geheuer war,
eilend vorüberschritt, drehte das stolze Thier
langsam den Kopf und folgte ihm mit den
Augen, bis er hinter den Felsen verschwunden war. Josef sah nach dem Stande der
Sonne und schritt rüstig weiter, bis er
plötzlich durch ein leises, feines Winseln zu
seinen Füssen erschreckt wurde. Er stand
und blickte zu Boden, konnte aber nichts
bemerken als ein seltsames Kraut, das mit
seinen langen Ranken gleichsam wie suchend
durch das Moos hinirrte. Er setzte den
Fuss weiter und war eben im Begriff, wieder
auf eine solche Ranke zu treten, als er noch-
mals das feine Winseln hörte und zu seinem
Schrecken bemerkte, dass die Ranke sich
wie ein lebendes Wesen vor seinem Fusstritt
zurückzog. Er machte einen Satz, um aus
dem Bereich dieser unheimlichen Pflanze
zu gelangen, und wanderte unverdrossen
weiter in dem verwunschenen Walde.

Bäume und Felsen, Felsen und Bäume, immer dasselbe. Und merkwürdig eben war die Gegend geworden, nirgends sah er einen Hang emporsteigen, wie vorhin, da er doch stetig aufwärts geschritten war. Felsen und Bäume, Bäume und Felsen; sie waren sich alle so merkwürdig ähnlich. So wandeite er wohl eine Stunde, da sah er plötzlich was Dunkles, Mächtiges zwischen den Tannenstämmen ragen, und als er näher kam, fand er dieselbe uralte Eiche, die er vorhin schon gesehen hatte. Voll Grauen rannte er vorüber, der alte Uhu drehte langsam den Kopf und sah ihm ruhig nach.

Aus dem Bereich dieser schauerlichen Gegend gelangt, setzte er sich auf einen Stein, und die Schrecken der Einsamkeit kamen über ihn. Herr Picus hatte ihn betrogen, denn Farnsamen half ihm nichts. Nun suchte er nach dem Päckchen in allen Taschen mit steigender Angst und konnte es nicht finden. Endlich kam es ihm zwischen die Finger, allein was nützte es, dass er das Mittel bei sich trug, wenn es doch nichts half!

Nun galt es, wieder herauszukommen
aus diesem verwünschten Walde, und das
erschien ihm gar nicht so schwer, denn den
Herweg hatte er sich wohl gemerkt. Dann
wollte er Herrn Picus schon zur Rede stellen.
Er sah nach dem Stande der Sonne und
machte sich auf den Rückweg. Aber sonderbar, der Boden senkte sich nirgends
thalwärts, es blieb alles eben, und die Zeichen,
welche er sich beim Aufstieg gemerkt hatte,
fand er nicht wieder. Ueberall nur Felsen
und Bäume, Bäume und Felsen, einer wie
der andre, und ehe er es sich versah, befand
er sich wieder bei der alten Eiche. Er
rannte schaudernd vorüber; der alte Uhu
blickte ihm nach wie vorhin. Nun war ihm,
als höre er weit in der Ferne das schauder-
hafte Gelächter des Mühlenhannes, und ganz
leise und dumpf seinen Zuruf: „Glück auf,
Glück auf! Und grüss den alten Uhu!"

Er sank wieder auf denselben Stein, und
die Verzweiflung überkam ihn. Noch einmal zog er das Päckchen hervor und betrachtete es. Es stand nichts darauf, als

ein sonderbares magisches Zeichen wie eine
Vogelklaue und das Wort „Farnsamen"
in zierlichen Schriftzügen. Endlich verfiel
er darauf, es zu öffnen. Er fand darin ein
feines bräunlichgelbes Pulver, und wollte
das Pergament schon wieder schliessen, als
er bemerkte, dass auf der Innenseite auch
etwas geschrieben war. Unter demselben
Zeichen einer Vogelklaue, wie draussen,
stand dort ebenfalls: „Farnsamen," und
dahinter noch etwas: „So Du davon in Deine
Schuhe thust, ist gut gegen die Irrwurz."

Wie eine Last fiel es ihm plötzlich von
der Seele, und zugleich erinnerte er sich,
dass Herr Picus nicht allein gesagt hatte:
„Wer Farnsamen bei sich trägt," sondern
hinzugefügt hatte, „in seinen Schuhen."
Doch das war ihm ganz entfallen. Nun
streute er ein wenig von dem Pulver in
diese hinein und machte sich erneuten
Muthes auf die Wanderschaft.

Jetzt war es anders denn vorhin. Klar
und deutlich lag der Weg vor ihm, der zur
Höhe führte, und seine Füsse wandelten

von selber den richtigen Pfad. Als er fast
die Höhe des Bergrückens erreicht hatte,
der zur Seite sich zu dem mit gewaltigen
Felstrümmern besäten Gipfel des Abendberges aufthürmte, fiel ihm auf, dass der
Boden grüner wurde, und die Kräuter frisch
und üppig dastanden. Hier war offenbar
der Regen nicht ganz ausgeblieben. Nach
einer Weile ward es licht vor ihm zwischen
den Bäumen, und zugleich vernahm er ein
Hämmern und Pochen unzähliger Spechte,
sowie die schrillen Rufe dieser Vögel. Dann
trat er hinaus auf eine Stelle grausiger Ver-
wüstung. Hier war vor Jahren ein Wirbel-
sturm durch den Wald gegangen und hatte
einen breiten Streifen vollständig niederge-
legt, nur einige wenige jüngere Bäume mit
zerzausten Wipfeln waren stehen geblieben.
Aber die alten Riesen lagen alle am Boden,
wild durcheinander ihre verdorrten Wipfel
mischend. Sie waren mit ihren gewaltigen
Wurzeltellern einfach umgekantet wie riesige
Leuchter und hatten den ganzen Boden in
ihrem Umkreis mit emporgenommen; sogar

einzelne mächtige Felsblöcke hingen an
diesen senkrecht hochstehenden Erdwänden,
von dem Geflecht der Wurzeln fest um-
klammert. Aus dem also freigelegten Boden
war ein üppiges Gewirr von Himbeer-
sträuchern, hohem Gras und den verschie-
densten Kräutern emporgeschossen, insonderheit der giftige Fingerhut stand dort in
ganzen Wäldern und leuchtete mit rothen
und gelblich weissen Blüthen überall hervor.
Ehe Josef in diese Wildniss sich hinein-
wagte, stand er eine Weile und blickte sich
um. Die Sonne war schon im Sinken, be-
strahlte röthlich die vorragende Kuppe des
Abendberges und säumte die Wipfel des
ringsum aus der Ferne dämmernden Waldes mit Gold. Und in dieser Abendstille
war es ihm, als vernehme er das unsägliche,
mannigfache Knirschen und Wirken der
zahllosen Käfer und Holzwürmer, die in den
gewaltigen Baumleichen unablässig thätig
waren. Jedoch übertönt wurden diese leisen
Geräusche durch das emsige Trommeln und
Hacken der Spechte von allen Arten, die

sich wohl an dieser reichbesetzten Tafel
aus der ganzen Umgegend zusammengefunden hatten.

Dann schritt Josef weiter und suchte
zwischen den haushohen Wänden der Wur-
zelgeflechte und über die gefallenen Riesen-
stämme seinen Weg. Nicht weit war er
gegangen, da schreckte ihn ein leises, träges
Rascheln im Gras, so dass es ihm kalt den
Rücken herablief. Er gewahrte den zick-
zackstreifigen Rücken einer Kreuzotter, die
sich langsam entfernte. Nun tastete er mit
seinem Stock vor sich her, wie er weiter
schritt, und dann raschelte es bald hier,
bald da; zuweilen bäumte sich auch solch
giftiges Geziefer zischend auf und biss
wüthend nach dem Stecken. Hier und dort
sah er auch derlei hässliche Gewürm an einem
freien Fleck zusammengeringelt liegen; sie
waren schön, fett und gross und schauten mit
bösen Augen auf ihn hin. Er sehnte sich
hinaus aus diesem Wirrsal. Dazu war rings
ein süsser, schwerer Duft verbreitet nach
trockenen Nadeln und Aesten, die den

ganzen Tag in der Sonne gebrütet hatten
und nach allerlei wunderlichen Kräutern,
deren unbekannte Blüthen ihn wie mit
Augen anblickten.

Plötzlich fuhr er wieder schreckhaft zusammen, denn mit gellendem Geschrei stieg
in seiner Nähe ein Schwarzspecht empor
und schoss geräuschvoll davon. Und was
war das? An der Stelle, wo der Vogel
verschwunden war, ging ja Herr Picus in
seiner schwarzen Kleidung und mit dem
rothen Käppchen auf dem Haupte in ge-
bückter Stellung umher, scheinbar emsig
nach Kräutern suchend. Schon wollte er
ihn freudig anrufen, da blickte er näher
zu und sah, es war nur ein seltsam ge-
krümmter Wurzelstock, über den die
rothen Blüthen desFingerhutes emporragten.

Endlich hatte er dieses Spechtparadies
und Otternnest hinter sich und schritt mit er-
leichtertem Herzen in dem dunkelnden
Walde weiter. Er musste daran denken,
sich eine Stelle zum Nachtlager zu suchen,
aber in der Nähe dieses giftigen Gewürms

wäre er um keinen Preis geblieben. Der
Boden senkte sich wieder und Josef folgte
nun dem Lauf eines klaren Baches, der
reichlich mit Wasser gefüllt war. Wie
köstlich erschien ihm dies üppige Murmeln,
Rauschen und Plätschern nach so langer
Entbehrung.

Die Finsterniss lagerte sich zwischen den
Stämmen und aus dem fernen Dunkel des
Waldes schallte zuweilen schon ein Eulen-
ruf, da fand Josef einen Ort, der ihm zusagte und wo er zu übernachten gedachte.
Hier hielt er seine Abendmahlzeit und stieg
dann in einen Baum, wo er sich, so gut es
ging, aus abgebrochenen Zweigen ein Lager
bereitete.

Als es ganz dunkel war, kam der Mond
herauf, und seine schimmernden Lichter
wandelten durch die Finsterniss. Bald hier,
bald da glänzte das flimmernde Gewässer
des Baches aus der nächtlichen Schwärze.
Langsam wanderte der leuchtende Schimmer
weiter und glitt über die sprudelnden Fälle, hob
hier einen Strahl von flüssigem Silber hervor

und liess dort hundert blitzende Lichter auf
bewegter Fläche tanzen. Und in der Stille
der Nacht hörte man deutlicher die endlose
Musik des Gewässers, das metallene Tönen,
das Gurgeln, Rieseln und Plätschern und
Klänge wie von silbernen Glöckchen. Doch
noch andere Töne vernahm Josef zu der
melodischen Begleitung des Baches. Aus
der Ferne der silbernen Nacht kam der Gesang einer schönen weiblichen Stimme, als
wäre der Mondschein zu Klang geworden,
eine holde, schwermüthige Melodie, wie ein
sanftes Wiegenlied für die schlafende Natur.
Und im Horchen auf diesen Gesang entschlief
er endlich.

4. Das Waldfräulein.

Am andern Morgen in der Frühe, als
nebelgraue Dämmerung noch im Walde lag,
erwachte Josef auf seinem harten Lager,
hielt seine Morgenmahlzeit zu einem frischen

Trunk aus dem Bach, und als die ersten
Strahlen der Sonne die Wipfel streiften,
setzte er seine Wanderung fort. Ihr Ziel
war näher als er dachte; denn da er, dem
Laufe des Baches folgend, um eine vor-
springende Felsenkuppe bog, schien es licht
durch die Stämme, und eine kurze Weile
später lag ein herrliches Wiesenthal, ein-
geschlossen von sanft ansteigenden Berg-
wänden, vor seinen Augen. Da er so lange
den Anblick reichen, frischen Grüns ent-
behrt hatte, so däuchte ihn diese blumige
Wiesenmulde, durch die der Bach in blanken
Bögen dahinging, während plätschernde
Quellen von allen Seiten ihm zueilten, ein
wahres Paradies. Nun hatte er gefunden,
was er suchte, und eilend machte er sich
auf den Rückweg. Es gelang ihm, den
grossen Windbruch mit seinen giftigen In-
sassen zu vermeiden, und da er nun nicht
mehr gezwungen war, in die Irre zu gehen,
erreichte er schon nach wenigen Stunden
das Dorf auf einem Wege, der gar keine
Schwierigkeiten darbot. Dort herrschte

grosse Freude über die geglückte Unter-
nehmung, und am nächsten Morgen in aller
Frühe schon zog er mit seinen Kühen zu
dem neu entdeckten Paradiese.

O, wie die Thiere brüllten, als sie den
Duft der frischen Wiesen witterten. Die
matten Augen begannen zu glänzen, und
obwohl sie durch lange Entbehrung kraft-
los und von der Wanderung ermüdet waren,
so rannten sie doch ihrem Hirten davon,
und bald standen sie alle bis an die Kniee
in dem frischen Grün und rupften nach Behagen das fette Gras und die saftigen Kräuter.
Josef sah ihnen vergnüglich eine Weile zu,
dann liess er sie unter der Obhut seines ge-
treuen Hundes und wanderte in der Gegend
umher, in der Hoffnung, eine Höhle oder
sonst einen Unterschlupf zu finden, oder
einen Platz, der zur Anlegung einer Hütte
geeignet sei. In der Mitte dieses lieblichen
Thales war ein kleiner Hügel gelegen wie
eine Insel. Auf seinem Gipfel trug er eine
mächtige Buche, und unter dieser leuchtete
es in röthlichem Schimmer, denn der ganze

Hügel war mit wilden Rosenbüschen bedeckt,
die tausende von zarten Blüthen dem Lichte
darboten. Die Büsche mit ihren dornigen
Zweigen hielten dort alles umsponnen, nur
ein schmaler Pfad führte zu dem Baume
empor. Als nun Josef dort oben stand in
den Rosendüften unter der Buche, deren
reiner Stamm schimmerte wie mattes Silber,
da ward ihm wunderlich zu Muth, denn ihm
war immer, als stünde Jemand neben ihm,
als fühle er den Anhauch eines warmen
Menschenleibes. Ein süsses Grauen überlief ihn. Ueber den Rosen spielten die
Schmetterlinge in der Luft, im Sonnenschein standen glänzende Schwebefliegen,
und in den Blättern des Baumes säuselte
zuweilen ein leichter Wind, dass es klang
wie sanfte Musik, gleich dem holden Gesange, den er in der vorletzten Nacht gehört hatte. Dann, wenn der Wind schwieg
und wieder Stille herrschte, nur unterbrochen
von dem leisen Rieseln der Gewässer, da
glaubte er sanfte Athemzüge zu vernehmen,
und zuweilen ging es wie ein Seufzer durch

16*

die Luft. Da ihm solches diesen lieblichen
Ort · unheimlich machte, so wanderte er
weiter durch das Thal und kam in eine
Gegend, wo es durch eine zerklüftete Wand
begrenzt wurde und grosse herabgestürzte
Steinblöcke im Grase lagen. Auf den Vor-
sprüngen der steilen Felsen hatten sich
rankende Gewächse angesiedelt und hingen
aus den Spalten hernieder, zarte grüne
Schleier über den grauen Stein hinbreitend,
und dort, wo sie am dichtesten fast bis auf
den Boden niedergingen, ward in den Lücken
ein tiefes Schwarz sichtbar. Josef schob die
Ranken beiseite und fand den Eingang zu
einer geräumigen Höhle, welche Entdeckung
er mit Freuden begrüsste. Er schaffte alsbald
seine auf dem Rücken und den Hörnern der
Kühe mitgebrachten Geräthe und Vorräthe
hinein, bereitete sich ein Lager aus weichem
Laub, sammelte Feuerholz in dem benachbarten Walde, griff unter den Steinen des
Baches einige stattliche Forellen und war
so bald aufs schönste eingerichtet. Er hielt
seine Mahlzeit, trieb gegen Abend seine

Kühe in diese Gegend zum Melken und
sass dann noch eine Weile auf dem Stein
vor seiner Höhle, während der Tag langsam
in die helle Juninacht hinüberdämmerte.
Zu seinen Füssen lag der Hund und ringsum
die satten Kühe, behaglich wiederkäuend.
Dann als der Mond gross und roth hinter
fernen Tannenzacken emporstieg und die
Gewässer lauter durch die Stille der Nacht
rauschten, streckte er sich auf sein Lager
und entschlief bald süss und sanft. Doch
um Mitternacht erwachte er wieder von
einem leisen Winseln seines Hundes, das
aber sogleich wieder verstummte. Ein apfel-
artiger Duft nach den Blättern der wilden
Rose war in der Höhle verbreitet, vielleicht
stand der Wind gerade von dem kleinen
Hügel her. Er stützte den Kopf auf und
horchte eine Weile. In der Oeffnung der
Höhle stand die weissliche Junimondnacht,
und nichts war vernehmlich als die unablässige
Musik der Gewässer oder ein vereinzelter
Glockenton, wenn eine Kuh das Haupt
bewegte. Schon wollte er sich niederlegen,

da vernahm er wieder den wunderbaren
Gesang näher und deutlicher als damals,
ja, sogar die Worte konnte er verstehen:

„Die Rosen blühen im Mondenschein
In der silbernen Juninacht,
Wenn alles schläft — mein Herz allein,
Mein Herz nur pocht und wacht.

Die Rosen blühen ohne Zahl
Beisammen froh gesellt,
Die Quellen rieseln und rauschen zu Thal
Selbander in die Welt.

Ich weiss eine Blume, die blüht allein
In der stillen Mondennacht,
Wenn alles schläft — mein Herz allein,
Mein Herz nur pocht und wacht.“

Ein holdes Grauen überlief Josef bei
diesem Gesang, und lange noch lauschte er,
als er verstummt war. Doch alles blieb
still, und über dem vergeblichen Lauschen
schlief er endlich ein.

Am andern Morgen in der Dämmerung,
als er von dem Läuten der weidenden Kühe
erwachte, war wieder der Duft nach wilden
Rosen das erste, das ihm bemerklich ward,

und als er sich aufrichtete, sah er bei dem
einfallenden Morgenlichte, dass überall im
Umkreise seines Lagers und über ihn hinweg dergleichen zarte Blumen gestreut lagen,
und ein verwunderliches Grübeln befiel ihn
über diese seltsame und liebliche Thatsache.
Und als er nachsann, welch ein Wesen es
wohl sei, das seine Einsamkeit theile und
durch so anmuthige Kundgebungen sich bemerklich mache, da fiel ihm eine Märe ein,
die man im Dorf erzählte, und die er, wer
weiss wie oft schon, gehört hatte.

„Draussen hinter dem Abendberge,“ so
erzählte man, „liegt eine wunderschöne
Wiese. Dort wohnt das Waldfräulein Hechta
in einem Rosenhage. Wenn man dreimal
an die schöne Buche klopft, die dort steht,
so tritt sie herfür, und wem sie ihre Liebe
schenkt, der wird zum Glücklichsten unter
den Sterblichen. Denn so er die Probe
besteht und dem Fräulein die Treue bewahrt,
steigt aus dem Rosenhügel ein prächtiges
Schloss empor und er wird herrschen mit
ihr über alle Lande weit umher. Aber

ringsum in den Wäldern wächst das Irrkraut, und Niemand findet vor oder zurück,
der sich dort hineinwagt."

Diese Geschichte ging dem jungen Manne
den ganzen Morgen durch den Kopf und
unablässig sah er von Ferne nach dem kleinen
Hügel hinüber. Dorthin zog es ihn mit
sehnsüchtiger Gewalt, und dennoch hielt
wieder eine bange Scheu ihn zurück. Endlich um die Mittagszeit konnte er diesem
seltsamen Drange nicht mehr widerstehen
und immer näher kam er dem Orte seiner
Sehnsucht. Die Sonne glühte am wolken-
losen Himmel und kein Grashalm regte
sich. Verschlafen rieselten die Quellen über
den steinigen Grund, und der Bach murmelte
und rauschte wie im Traum. In dem Wipfel
der Buche, die mit blanken, glänzenden
Blättern regungslos dastand und ihre flachen
Zweige wie Hände offen hielt, um den
Sonnenschein aufzunehmen, sass ein Pirol
und liess unablässig seine flötenden Rufe
ertönen; es war, als riefe er lockend zu
unsäglichem Glücke. Josef stieg langsam

den Pfad zwischen den Rosen empor und
stand nun vor dem silbergrauen Stamm der
schönen Buche. Ihn schauderte, denn wie
ein zitternder Seufzer der Erwartung hauchte
es wieder durch die Luft.

Sein Herz pochte, dass er es zu hören
glaubte, als er nun den Zeigefinger krümmte
und langsam die Hand erhob. Eine Weile
schwebte sie zögernd, dann in raschem
Entschluss klopfte er dreimal leicht an den
Stamm. Da ging es wie ein leichtes silbernes
Lachen durch die Luft, wie ein Lachen der
Erlösung, und ihm war, als höre er auf
der andern Seite des Baumes ein leichtes
Geräusch. Als er sich zögernd dorthin
wandte, sah er auf dem Stein unter der
Buche eine helle weibliche Gestalt sitzen,
so schön, dass er bis ins Herz hinein erschrak. Sie erhob sich, das lange Haar von
der Farbe des rothen Goldes wallte zurück,
und mit einer Geberde lieblicher Hoheit
streckte sie ihm die Hand entgegen.

„Sei mir gegrüsst, Holder," sagte sie;
„Du bliebst gar lange."

Josef wagte es kaum, diese rosen-
durchschimmerte Lilienhand zu ergreifen,
und stand stumm und hölzern vor der
wunderbaren Schönheit dieses Weibes. Sie
war gekleidet in ein weisses, sich an-
schmiegendes Gewand, darin blühende
Ranken wilder Rosen in zarten Farben ein-
gewebt waren, aber lieblicher noch als
jenes Weiss schimmerten die schönen Arme,
der wohlgerundete Nacken und das blühende
Antlitz.

Als nun Josef so Hand in Hand mit ihr
dastand und ihm die Purpurröthe ins Gesicht stieg über dies liebliche Abenteuer,
da ging ein sanftes Lächeln über das Antlitz des Waldfräuleins und die Schöne sprach:
„Warum küssest Du mich nicht, da Du doch
der Rechte bist? Ach, wie lange schon wart'
ich Dein!"

Damit legte sie den Kopf an seine Brust
und sah vertraulich zu ihm empor. Und
der Blick dieser Augen, die bald im dunkelsten
Blau des Himmels, bald in jenem herrlichen
Grün leuchteten, das der bewegten See im

Sonnenschein eigen ist, berauschte Josef,
dass er, seine Scheu vergessend, sich zu den
so lieblich dargebotenen Lippen niederbeugte.
Und der Pirol im Wipfel der schönen Buche
erhob noch einmal seinen Jubelruf, dann
schwang er sich auf und zog, goldglänzend
im Schein der Sonne, zum Walde hinüber.

5. Der Abschied.

Nun lebte Josef den ganzen Sommer
hindurch in einer Welt voll eitel Glück und
Wonne und seliger Erwartung noch schönerer
Zukunft. Kaum konnte er es manchmal
fassen, dass er dies schönste aller Wesen
sein eigen nennen und diese Welt von Lieb-
reiz in seine Arme schliessen dürfe, und
immer neu erschien sie ihm in der Frische
des Morgens, der Gluth des Mittags und der
seligen Ruhe des Abends. Aber die Tage

glitten dahin, eilend wie ein munterer Bach,
der im Sonnenschein blitzende Lichter wirft,
und ehe er es sich versah, war der Herbst
ins Land gekommen. Da sass er eines
Tages mit Hechta auf dem Stein unter der
schönen Buche, die schon einen Kreis rothen
Laubes um sich ausgebreitet hatte. Aus
dem fahlen Grün der wilden Rosen leuchteten
wie Scharlach die Hagebutten hervor und
farbige Herbstschmetterlinge schwankten
umher oder plätteten ihre Flügel auf be-
sonnten Steinen. Die blassvioletten Herbst-
zeitlosen blühten ringsum, feines Gespinnst
zog durch die klare Luft und hoch aus dem
Blau kamen die Rufe wandernder Kraniche.
Die beiden Liebenden waren verstummt und
schauten still hinaus in die sonnige Ver-
gänglichkeit. Da griff Hechta zu der schönen,
goldbesaiteten Laute, die neben ihr lehnte,
und während ihre schönen Finger sanft darüber hinglitten, dass es klang wie leises
Quellengeriesel und das Flüstern des Laubes
im sanften Abendwinde, begann sie zu
singen:

„Abschiedshauch durchweht die Lüfte,
Letzte Farben, letzte Düfte,
Und ein letzter holder Klang. —
Wo sind jene schönen Tage,
Da aus jedem Blüthenhage
Tönte Nachtigallensang?

Zwar noch blüht die letzte Rose,
Doch die bleiche Herbstzeitlose
Schimmert schon im Wiesengrün:
Sie verschlief das beste Wetter,
Und nun eilt sie ohne Blätter,
Sich beizeit noch auszublühn.

Träumerisch in sich versunken
Und wie von Erinnrung trunken
Liegt die Welt so blau und weit,
Sehnsuchtsvoll, mit sanfter Klage,
Still gedenkend goldner Tage
Und der schönen Rosenzeit!"

„Hörst Du es rufen in der Luft?" fragte
sie dann. „Es geht zum Abschied, meine
Zeit ist um."

Josef erschrak, denn daran hatte er
noch gar nicht gedacht. Er sah ihr fragend
in die Augen. Ein leiser Luftzug kam von
den Bergen das Thal entlang, rauschte durch
das Gezweige der schönen Buche und sandte

einen rothgoldenen Regen welken Laubes
herab.

„Die Blätter fallen,“ sagte Hechta, zu-
sammenschauernd, und strich das rothe Laub
von ihrem Schooss, „ich muss hinunter.
Morgen wirst Du mich nicht mehr sehen.
Hab Dank für Deine Liebe und lebe wohl
für immer!“

Josef war durch diese Mittheilung ganz
zu Boden geschlagen und fasste sie kaum.
Als sie dann seine Verzweiflung sah, da
ging es wie ein helles Licht über ihre Züge,
und sie sprach:

„Möglich ist es, dass wir uns wiedersehen,
ja, dass wir für immer vereinigt leben im
höchsten Glück. Aber eine Probe musst
Du bestehen, allzu schwer für den menschlichen Wankelmuth. Du musst mir Treue
bewahren, bis der Frühling ins Land kommt,
bis das erste Buchengrün im hellen Lichte
steht.“

Josef konnte nicht fassen, wie sie daran
zweifeln möge. Das war doch eine Be-
dingung, allzu leicht zu halten. Denn wie

könnte er wohl Augen haben für ein anderes
weibliches Wesen in der Welt, da ihm die
Schönheit selbst sich lieblich geneigt hatte.
Sie aber sprach mit stillem Ernst:

„Achte die Prüfung nicht gering, die
ich Dir auferlege, denn ein Schimmer wie
aus einer schönern Welt wird um Dich sein,
wenn Du wieder ins Dorf zurückkehrst, und
sie werden Dir nachstellen. Es giebt liebliche Dirnen da draussen, und kein Menschen-
herz wird gefunden, das nicht einmal seine
schwache Stunde hätte. Bedenk es wohl,
es ist Dein sicherer Tod, wenn Du Dein
Versprechen brichst, in dreien Tagen musst
Du dann sterben.“

Als nun aber Josef seine unwandelbare
Liebe beschwor und sie anflehte, ihm ihr
Vertrauen zu schenken, da strahlten ihre
Augen von unendlicher Liebe und sie sprach:

„O, Du Holder, ja, ich gaube Dir! So
komm denn und nimm das Zeichen unseres
Bundes.“ Sie wickelte dann um den Ring-
finger seiner linken Hand eine feine Strähne
ihres goldfarbigen Haares, zog eine blitzende

Scheere hervor, schnitt das Haar ab und
drückte einen Kuss darauf. Da ward es
zu einem festen goldenen Ringe, der den
Finger eng umschloss. „Dieser Ring mag
Dich stets mahnen an Dein Versprechen.
So Du aber im geringsten dagegen handelst,
wird sein Glanz sich trüben. Wird er aber
gar schwarz werden, dann wehe Dir, denn
das ist das Ende.“

Derweilen hatten sich fern um den Abendberg schwere Dünste gelagert, der Himmel
hatte sich verfinstert und der Sonnenglanz
schwand plötzlich hinweg. Im Walde wogten
die Wipfel durcheinander und eine wirbelnde
Säule welken Laubes erhob sich hoch in
die Luft. Dann kam sie eilend über die
Wiese herangewandelt, und als Hechta dies
sah, da rief sie klagend:

„Weh, so früh schon, ach, so früh schon!“

Sie umarmte Josef eilend und küsste
ihn; dann kam der Sturm heran und riss
sie von ihm hinweg, während rauschend und
brausend die letzten Blätter der schönen
Buche in die Luft flogen. Aus einer dich-

ten Wirbelwolke rothen Laubes hörte Josef noch einmal Hechtas Ruf: „Leb wohl, leb wohl!" und als diese Wolke sich lockerte und zerstreute und mit dem Sturme weiterzog, da war das schöne Waldfräulein verschwunden. Es half Josef nichts, dass er sich fast die Finger wund klopfte und die Luft mit seinen Wehrufen erfüllte; nur durch die blattlosen Zweige der schönen Buche säuselte der Wind ein sanftes Klagelied.

6. Die Prüfung.

Am nächsten Tage lag Schnee auf dem Gipfel des Abendberges und Josef zog mit seinen Kühen zurück in das Dorf. Dort konnte man sich nicht genug verwundern über das stattliche und glänzende Aussehen der wohlgenährten Thiere. Der Lindenbauer klopfte sie wohlgefällig auf den Hals, ging um sie herum und lobte sie

mächtig. Die Bäuerin aber konnte ihren
Sohn nicht genug ansehen, so stattlich und
schön war er geworden. Dies war auch
das Urtheil der ganzen Weiblichkeit im
Dorfe, und selbst solche Mädchen, die
schon ihre Schätze hatten, konnten nicht
umhin, nach ihm zu blicken und ein wenig
zu seufzen, wenn sie an die ihrigen dachten.
Die anderen nun gar warfen ihm sehr wohl-
wollende Blicke zu, aber es half ihnen nichts.
Denn ob die schüchterne Käthe roth ward
und auf ihr Busentuch blickte, wenn er
vorüberkam, ob die lustige Grethe ihm von
ihrem Garten aus ein paar neckische Verschen zusang, ob die kecke Vroni ihn beim
Vorübergehen herausfordernd mit der
Schulter anstiess und ihm einen Blick zu-
sandte, der Eisen hätte schmelzen können,
so machte das alles keine Wirkung, er blickte
sie ruhig an und ging kaltsinnig weiter, denn
der Gedanke an das holde Waldfräulein
war wie ein Nebel um seine Sinne. Da er
nun auch nimmer den Tanzboden besuchte,
wo allsonntäglich die jungen Burschen die

hübschen Mädchen herumschwenkten, noch
die Spinnstuben, da man Schnurren und
Spässe erzählte und allerlei verliebte Thorheit trieb, so galt er bald für stolz und
hochfahrend, und sie nannten ihn spöttisch
den Prinzen vom Abendberge.

Nur bei der Tochter seines nächsten
Nachbarn, der schönen Annemarie, gab es
eine kleine Ausnahme, dort wagte er nicht
hinzusehen, wenn er vorüberging. Er hatte
sie früher gern gehabt, und auch sie hatte
ihn mit den schwarzbraunen Augen stets
gar lieblich angeblickt, wenn er sie grüsste und
hatte den rothen Mund zum Lächeln verzogen, dass die weissen Zähne hervorblitzten.
Er hatte auch wohl eine Weile am Garten-
zaun mit ihr geplaudert, doch das war nun
vorüber, denn seit er von der Wiese hinter
dem Abendberge zurückgekehrt war, vermied er sie ebenso wie die andern.

Unterdess war der Winter ins Land
gekommen und hatte die Berge mit Schnee
bedeckt, und der Bach ging schwärzlich und
dampfend zwischen den mit Eis verglasten

17*

Steinblöcken dahin. Wie endlos erschien
Josef dieser Winter, denn seine Sehnsucht
war einzig auf den Frühling gerichtet, und
sein Haupt mit lieblichen Sommergedanken
der Erinnerung und Hoffnung gefüllt.
Und wenn die anderen Burschen und Mädchen sich auf den Sonntag freuten, so war
er ihm nur lieb, weil dann wieder sieben
Tage um waren und der Lindenbauer an
seinem Wandkalender mit Rothstift einen
dicken Strich durch die Woche machte.
Doch der alte Kalender ging zu Ende, der
neue ward in Gebrauch genommen, und
mit rothem Zickzack frass sich auch in diesen
die Vergangenheit immer weiter hinein.
Schon gab es einzelne schöne, verheissungs-
volle Tage, wo über der grünen Saat, die
aus dem Schnee hervorgethaut war, schon
die Lerchen sangen; immer eifriger läutete
die Kohlmeise ihr Frühlingsglöckchen, und
endlich schallte auch der flötende Schlag
der Drossel aus den Wipfeln des Waldes.
Von den Bergen plätscherte es in tausend
neuen Rinnsalen, die Bäche schwollen und

rauschten ungestüm dahin, und hier und
da auf den Wiesen schimmerte blankes
Wasser im Sonnenschein. Und wie die
selige Unruhe in der Natur sich mehrte,
wie das Knospen und Keimen und Blühen
begann und der Gesang der Vögel immer
reicher von allen Zweigen schallte, da ward
auch die Sehnsucht in dem Herzen des
jungen Mannes grösser und kaum konnte
er noch die Zeit erwarten, da sein holdes
Glück sich vollenden sollte.

Als die Knospen der Buchen kurz davor
waren, sich aufzuthun, ward eine grosse
Hochzeit im Orte gefeiert, denn der reichste
Bauer im Unterdorfe verheirathete seine
Tochter. Davon konnte sich Josef nicht
ausschliessen, obwohl er es gerne gethan
hätte, und fand sich dort auch in seinem
besten Staat ein. Als man sich nach der
Trauung an den mit Wein und Speisen
schwerbeladenen Tisch setzte, fand es sich,
dass er die Annemarie zur Tischnachbarin
erhalten hatte. Er musste unwillkürlich
staunen, wie schön sie war, denn in dieser

Gesellschaft kam ihr keine gleich. Doch obwohl er fröhlich gestimmt war, weil er am Morgen gesehen halte, dass ein einziger warmer Regen die Knospen der Buchen öffnen konnte, so blieb er doch stumm und einsilbig, denn vor seiner Nachbarin hegte er eine stille Furcht, und er vermied es, sie anzusehen. Sie aber schien nicht darauf zu achten, plauderte und lachte mit den anderen und strahlte scheinbar vor Glück. Allmählich ward die Gesellschaft lauter und brausender, denn der Bauer hatte seinen besten Rothen aus dem Keller hergegeben, und man trank sich fleissig zu. Da konnte Josef doch manchmal nicht umhin, seine Nachbarin heimlich anzusehen, die so unbekümmert um ihn plauderte und lachte, dass die weissen Zähne hervorschimmerten, während die schwarzbraunen Augen in verhaltenem Glanze leuchteten.

Als dann nach dem Essen das Kreischen der Fiedel, das Gequäk der Klarinette, das Geblöke des Horns und das Knurzen des Kontrabasses zum Tanze lud, da konnte

sich Josef ebenfalls nicht ausschliessen. Er
tanzte mit der hübschen Käthe, die sich so
andächtig und feierlich herumdrehte, als sei
es eine heilige Handlung. Sie hielt dabei
die Augenlider mit den langen seidenen
Wimpern niedergeschlagen, und nur zuweilen
sendete sie einen schüchternen Blick empor
und ihre rothen Wangen färbten sich noch
ein wenig tiefer. Er tanzte mit der lustigen
Grethe, die zu der Melodie des Hopsers
allerlei kecke Verschen sang und ihn mit
glänzenden Augen anfunkelte, er tanzte mit
Vroni, die sich gar zuthunlich an ihn schmiegte,
allein der schönen Annemarie ging er aus
dem Wege. Doch plötzlich stand diese vor
ihm, in ihren Augen funkelte es und um
den schönen Mund zuckte es, und ehe er
recht wusste, wie es geschah, hatte er sie
in den Reigen geführt. Bald traten die
anderen zurück und bildeten einen Kreis
um das schöne Paar, denn die Annemarie
tanzte so leicht wie eine Feder und so zierlich wie eine Bachstelze, und Josef verstand
es ebenfalls am besten im Dorfe. Selbst

die Alten aus dem Nebenzimmer kamen herbei und sagten, besser hätte man in der guten alten Zeit auch nicht getanzt, und das wollte etwas sagen. Annemarie blickte ihn aber nicht an, sondern sah über seine Schulter hinweg ins Leere.

Als nun die Lustbarkeit zu Ende ging und alle auf den Heimweg sich begaben, ging es nicht anders, als dass Josef die schöne Annemarie nach Hause brachte, denn sie wohnten beide am äussersten Ende des oberen Dorfes. Zu Anfang hatten sie noch andere Begleitung, doch als diese sich scherzend und lachend in die Nebengassen nach ihren Häusern verloren hatte, wanderten sie allein und schweigend durch die wolkenverhangene Frühlingsnacht. Es war ein Wehen und Sausen in der Luft, sehnsuchtsvoll brauste es durch das junge Laub und die knospenden Wipfel, und mit leidenschaftlichem Rauschen stürmte der Bach durch die Nacht dahin. Zuweilen fielen ein paar vereinzelte Regentropfen und sprühten auf die glühenden Gesichter, dann wieder kam der Mond durch

eine Wolkenlücke und warf ein kurzes Licht
auf schäumende Gewässer und weissliche
Blüthenbäume.   Die beiden jungen Leute waren in ihrer
schweigenden Wanderung thalaufwärts geschritten, bald hörte Josef die leichten,
festen Schritte und das zarte Rauschen der
Gewänder neben sich, bald hinter sich, je
nachdem die Breite des Pfades es zuliess,
und so waren sie endlich am Ende ihres
gemeinschaftlichen Weges angelangt.   Wo
das kleine Pförtchen unter dem Nussbaum
in den Garten ging, standen sie, und Josef
reichte dem Mädchen die Hand zum Ab-
schiede.   Zugleich kam der Mond noch einmal wieder hervor, warf sein Licht über
das ganze Thal, über die Pfade, die sie gegangen waren, und die stillen Häuser, die
mit schwarzen Fenstern in ihren Gärten
lagen, auf den Bach, der hier und da aus
dem Dunkel blitzte, und auf das schöne
Antlitz, das mit schwarzbraunen Augen auf
ihn hinblickte.   Das Mädchen liess seine
Hand nicht los, sondern hielt sie fest um-

spannt, und dann brach es hervor aus den Tiefen einer aufgeregten Seele und eines leidenschaftlich bewegten Herzens.

„O, Du schlechter Mensch," sagte sie mit bebender Stimme, „was hab' ich Dir gethan? Was hab' ich verbrochen, dass Du mich verachtest, dass Du mich nicht ansiehst, dass Du nicht mit mir redest, dass Du mir aus dem Wege gehst? O, so schön Du aussiehst, so schlecht bist Du!"

Josef war erschrocken, er wusste nicht, was er sagen sollte. „O Annemarie!" brachte er nur heraus.

„O Du, o Du!" rief sie und ihrer selbst nicht mehr mächtig, schlang sie die Arme um ihn und barg den Kopf an seiner Brust, während ein krampfhaft schluchzendes Weinen den jungen Leib erschütterte. Josef suchte sich sanft aus diesen lieblichen Schlingen zu lösen, allein nur noch fester schloss sie sich an und noch hilfloser klang das Weinen an seiner Brust. Er ward von Mitleid bewegt und wusste nicht, wie er sie trösten sollte. Und als er sich niederbeugte und während

er sie sanft von sich zu drängen suchte,
ihr verwirrte Worte zuflüsterte, kam es,
dass er, im Bestreben, freundlich gegen sie
zu sein, sie sanft auf die Stirn küsste.
Da wandte sich das thränenüberströmte
Antlitz voll gegen ihn, und ohne zu wollen,
musste er die Thränen fortküssen, und so
gerieth er an den schwellenden Mund, der
sich ihm sehnsüchtig entgegendrängte.

„Ach ja, ach ja,“ flüsterte sie, „Du bist
doch gut.“ Und sie wusste ihre Lippen
so lieblich zu gebrauchen und sich so hin-
gebend an ihn zu schmiegen, dass ihm das
von Tanz und Wein erwärmte Blut wie
Feuer durch die Adern rieselte, dass seine
Gluth sich an der ihrigen entzündete und
er vergass, was er nicht vergessen sollte.

7. Schluss.

Als Josef am andern Morgen mit einem
dumpfen Druck auf seinem Herzen erwachte,

fiel sein erster Blick auf den Ring, und
siehe, er war schwarz. Ein Todesschrecken
überkam ihn. Er scheuerte und putzte so
lange an ihm herum, dass der Finger wund
wurde, allein es half nichts. Von bösen
Gedanken gepeinigt, lief er den ganzen Tag
ruhelos durch den knospenden Frühlings-
wald und verbrachte die nächste Nacht
schlaflos. Am andern Tage fiel ihm ein,
ob Herr Picus nicht helfen könne; der
wusste doch sonst Mittel für und gegen
alles in der Welt.

Jetzt aber, da der Bach, von den Ge-
wässern des schmelzenden Schnees geschwellt,
ungestüm durch seine enge Schlucht brauste,
war der Herr Picus nicht so leicht zu erreichen,
sondern der Weg zu ihm führte auf weiten
Umwegen über die Schroffen des Gebirges
und an steilen Abhängen vorüber. Als
Josef gegen Mittag das kleine Felsenthal
erreicht hatte, fand er den Laboranten nicht
zu Hause. Die Thür war verschlossen und
das Thal einsam, nur von dem Getöse des
Wildbaches erfüllt, der von dem Felsen

herabstürzte und in der Tiefe gurgelte,
kochte und schäumte. Dort sass Josef eine
lange Weile, schaute in das tobende Wasser-
und Schaumgewirr und wartete. Endlich
schrie ein Schwarzspecht einigemale so
laut, dass jenes wüthige Gebrause davon
übertönt ward, und kurze Zeit hernach sah
man Herrn Picus mit einem Kräuterbündel
auf dem Rücken in das Thal herabsteigen.

Als Josef sein Anliegen vorbrachte,
schloss der Alte sein Haus auf, brachte aus
einem Schränkchen eine kleine Flasche mit
goldgelbem Inhalt zum Vorschein und sagte:
„Das werden wir bald haben, bald haben.
Wird wohl nicht echt sein, das Gold.
Schwindelwaare, Schwindelwaare! Zieh ab
den Ring!“

„Das geht nicht!“ erwiderte Josef.

„O was, o was,“ sagte Herr Picus, „muss
gehen!“ Aber ob er auch mit allen Kräften
daran zog und zerrte, der Ring wich nicht
und sass fest, wie angewachsen. „Hm, hm,“
sagte Herr Picus, „nun, woll'n 'mal
sehen!“

Damit nahm er ein feines Hölzchen,
fuhr damit in die Flasche, betupfte mit ihm
vorsichtig den Ring und fing an, die Stelle
mit einem Läppchen zu reiben. Aber der
Ring blieb schwarz. Der Alte schüttelte
den Kopf, holte ein grosses, in Horn ge-
fasstes Glas und betrachtete dadurch aufmerksam den schmalen Reifen.

„Das ist nicht Arbeit von Menschenhand,"
sagte er dann, „Söhnchen, Söhnchen, wer
hat Dir den Ring gegeben?"

Da beichtete Josef und erzählte dem
Laboranten alles, was geschehen war.

„O weh, o weh!" wimmerte der Alte;
„schlimm, schlimm! Morgen sind die Buchen
grün, das sah ich heut im Wald, und morgen
ist der letzte Tag für Dich. Da lauf hinaus
und sieh, dass Du Verzeihung gewinnst.
Ich kann nicht helfen, kann nicht helfen.
Schlimm, schlimm!"

Josef kehrte in das Dorf zurück, den
Tod im Herzen. Wie im Traum schritt er
über die steilen Pfade und an den schwin-
delnden Abhängen entlang, in deren blau

dämmernden Gründen die Frühlingsgewässer unablässig rauschten und brausten.

Am nächsten Morgen in der Frühe war er auf der Wanderung nach der Waldwiese. Die Luft war schwül und still, kein Blatt bewegte sich, der Abendberg hatte sich in Schleier gehüllt, und der Himmel war von weisslichem Dunste bezogen, in dem die Sonne nur wie ein matter Schimmer bemerklich war. Der Tag ward nicht heller, je weiter er fortschritt, sondern die unheimliche Dämmerung nahm zu, denn die Luft verdickte sich und stand blauschwarz hinter den Bergen. Durch die unheimliche Stille vernahm man zuweilen ein fernes, dumpfes Grollen.

Das grüne Wiesenthal durchbrausten unablässig die schäumenden Gewässer, und mit Mühe und Noth erreichte Josef, watend und springend, den kleinen, inselgleichen Hügel in der Mitte. Dort standen die Rosen im ersten jungen Grün, und die schöne Buche hatte eben die zarten hellen Blätter aus den braunen Knospen hervor-

gethan. Josef schritt den schmalen Pfad
hinauf. Hinter den Bergen ringsum grollte
der Donner und zuweilen ging es durch
die Luft wie ein banger Seufzer aus schwer
bedrücktem Herzen. Lange stand er und
wagte nicht, an den Stamm zu klopfen.
Es ward immer dunkler, und in der blau-
schwarzen Luft zuckten die Blitze. Endlich
ermannte er sich und klopfte zaghaft an.
Da schallte ein Wehlaut tief aus gequälter
Seele und das Waldfräulein stand vor ihm
ganz in Schwarz gekleidet und marmorblass.
Josef sank auf ein Knie, hob die Hände zu
ihr empor und rief:

„Lass Gnade walten und verzeihe mir!“

Sie aber sah mit starren Augen auf ihn
nieder.

„Weh, was hast Du gethan!“ sprach sie.
„Nun kann Dir Niemand helfen, Niemand.
Lebe wohl!“ Sie beugte sich nieder und
küsste ihn auf die Stirn. Da wogten die
Bäume im Wald und beugten die Wipfel
tief zur Erde. Nun kam es heran unter
Brausen und Knattern wie ein Heer wüthen-

der Dämonen, der Wind stürzte sich heulend
in das junge Laub der Buche und dann
schritt ein gewaltiger Regen über die Wiese
heran, wie eine graue, senkrechte Wand,
während bald hier, bald dort mit jähem
Krach die Blitze niederfuhren und das
schreckliche Getöse des Donners unablässig
war;

Waldfräulein Hechta aber stand hoch-
aufgerichtet, ihr langes rothgoldenes Haar
flog im Wind, und mit ineinander gewun-
denen Händen sah sie starr zum Himmel
empor. Da fuhr es hernieder wie eine
mächtige Feuerkugel und zerspaltete die
schöne Buche von oben bis unten. Zu
ihren Füssen lag Josef, vom Blitz er-
schlagen.

Im gleichen Augenblick aber neigte am
Ende des Thales, wo der Bach durch eine
enge Schlucht den Ausweg suchte, der
Wald seine Wipfel, diese wogten eine Weile
durcheinander und fuhren dann in grausiger
Schnelle und mit einem Krachen, welches
das Rollen des Donners übertönte, in den

S., IX.   18

Abgrund. Ein Bergsturz hatte die ganze Schlucht verschüttet und wehrte den Fluthen des Baches den Ausgang. Mit grausiger Schnelle stieg das Gewässer in dem von dem Platzregen bereits überschwemmten Thal, und bald sah nur noch der kleine Rosenhügel wie eine Insel aus den Fluthen hervor. Unter der zerschmetterten Buche aber sass, unbekümmert um Sturm und Unwetter und den ewig strömenden Regen, Waldfräulein Hechta und sah mit starrem Blick in die Vernichtung. — — —

Am andern Morgen, als die Sonne vom klaren Himmel lachte und die kleinen Wellen des neu erstandenen Sees mit tausend Lichtern blinken liess, begrub Hechta mit ihren eigenen zarten Händen den Geliebten unter den Rosen und zog sich dann zu langjähriger Gefangenschaft in die Tiefe zurück.

Der vom Blitz getroffene Baum zerfiel und vermoderte im Laufe der Jahre; an seiner Stelle ist eine neue Buche emporge-

wachsen, die nun schon stattlich ihre Zweige
breitet. Um die Zeit, wenn die wilden Rosen
blühen, hört man dort in schönen Mond-
scheinnächten zuweilen einen holden, schwer-
müthigen Gesang.

Druck von W. Drugulin in Leipzig.

www.ingramcontent.com/pod-product-compliance
Lightning Source LLC
Chambersburg PA
CBHW030637030726
47497CB00006B/1827